远野物语拾遗

retold

京极夏彦
柳田国男

王华懋——译

四川文艺出版社

目次

*日文中的各种月相名，中文没有完全对应的名词，若一一注释又嫌繁杂，故采用此种方式呈现。

- 文首之编号，为原典所附之编号（刊登顺序）。
- 有些地名的表记和读法异于实际，以原典为准。

远野物语拾遗

retold

門馬村
早池峰山
タイマグラ
薬師岳
内川目村
陸中
早池峰神社
矢水峠
附馬牛村
猿ヶ石川
外川目村
中斎
宿
西内
東禅寺
石羽根
大萩
達曾部村
晴山
妻ノ神
渋川
土淵
山崎
久手
栃内
宮守村
石上山
矢崎
下栃内
大槌
和野
塚沢
松崎村
駒木
野崎
火石
田尻
柏崎
丸古立
山口
綾織村
小峠
金沢
似田貝
足洗川
土淵本宿
水内
山口
続石
砂子沢
宮ノ目
大久保
飯豊
鱒沢村
飛鳥田
二日町
善応寺
糠前
岩手軽鉄
遠野町
早瀬川
青笹村
猿ヶ石川
中沢
小友峠
物見山
羽場
板沢
猫川
佐比内
太子田
上郷
来内
切掛
細越
夫婦岩
小友村
荒谷
陸前
N
0
5km

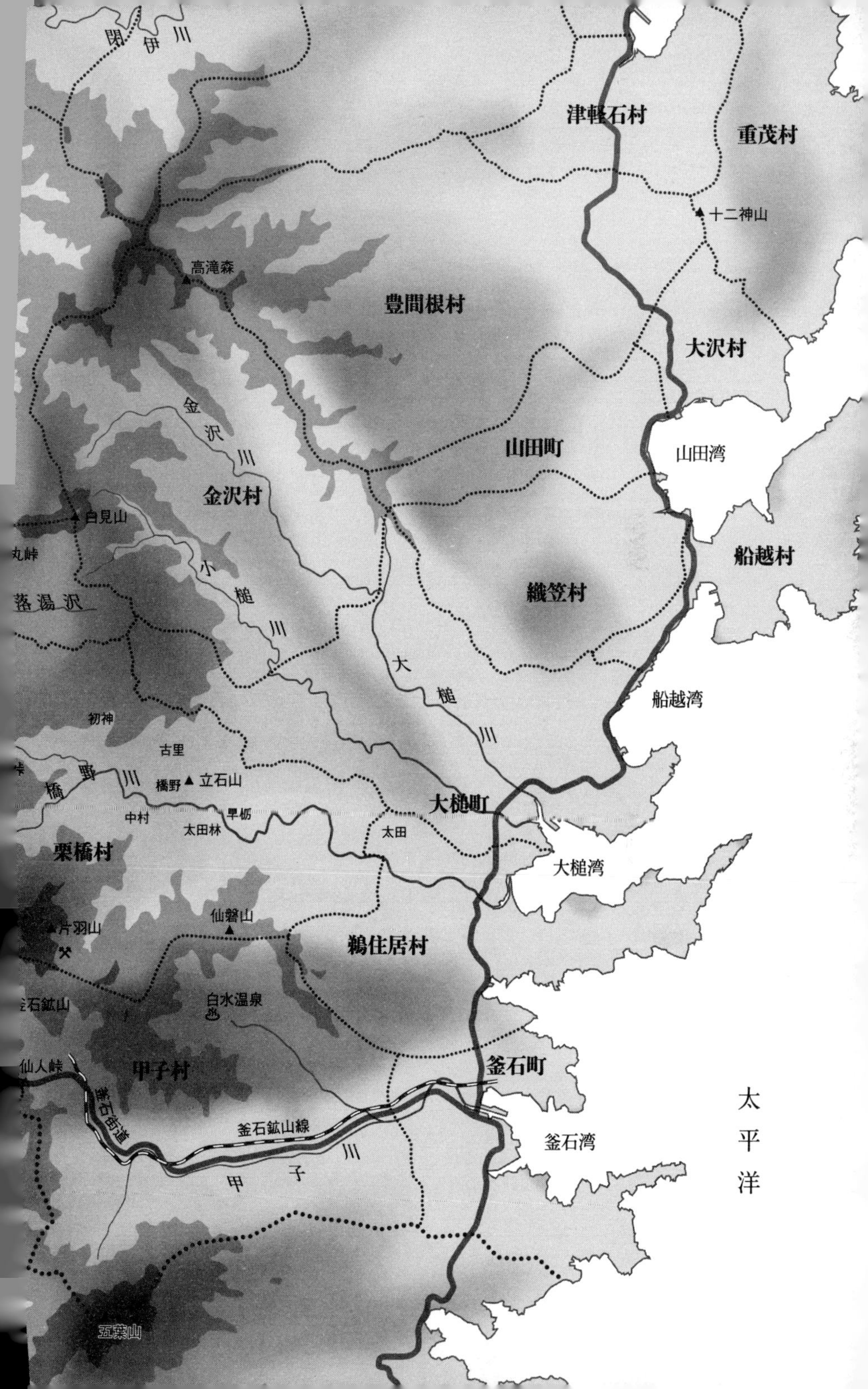

閉伊川
津軽石村
重茂村
十二神山
高滝森
豊間根村
大沢村
山田町
山田湾
金沢川
金沢村
白見山
丸峠
船越村
落湯沢
小槌川
織笠村
大槌川
船越湾
初神
古里
橋野川
橋野
立石山
大槌町
中村
早栃
太田林
太田
栗橋村
大槌湾
片羽山
仙磐山
鵜住居村
白水温泉
仙人峠
甲子村
釜石街道
釜石町
釜石鉱山線
甲子川
釜石湾
太平洋
五葉山

盛岡駅
盛岡市
宮古市
早池峰山
薬師岳
岩手県
大野平
大出
早池峰神社
花巻市
盛岡へ
荒川高原
上附馬牛
猿ヶ石川
湧水
白石
和野
大洞
沢ノ口
桑原
遠野市
湯屋
達曾部
西内
新田
駒木
一ノ渡
花巻駅へ
岩根橋駅
火石沢
上宮守
石上山
福泉寺
野崎
久保
西ノ萩
遠野街道
海上
宮代
松崎
常堅寺
宮守駅
宮守
蓮畑
光興寺
白岩
土淵
聖
遠野駅
五日市
JR釜石線
綾織駅
新里
岩手二日町駅
早瀬川
晴山
河内川
柳堂
長岡
綾織
田瀬湖
迷岡
神子
猿ヶ石
青笹
柏木平駅
新田
青笹駅
荒谷前駅
鱒沢駅
柴橋
鷹鳥屋
上郷
猫川
釜石自動車道
氷口
川口
岩手上郷駅
宇南田
高木
鮎貝
糠森峠
寺田
小黒沢
長洞
細越
太田
山谷
鬼原
来内
桑畑
岩崎
長野川
平笹
妻ノ神
平倉駅
釜石街道
外山
一ノ倉
仙人峠道路
北上市
小友
N
長野
荷沢
世田米街道
種山高原
0
5km
住田町
物見山
陸前高田へ

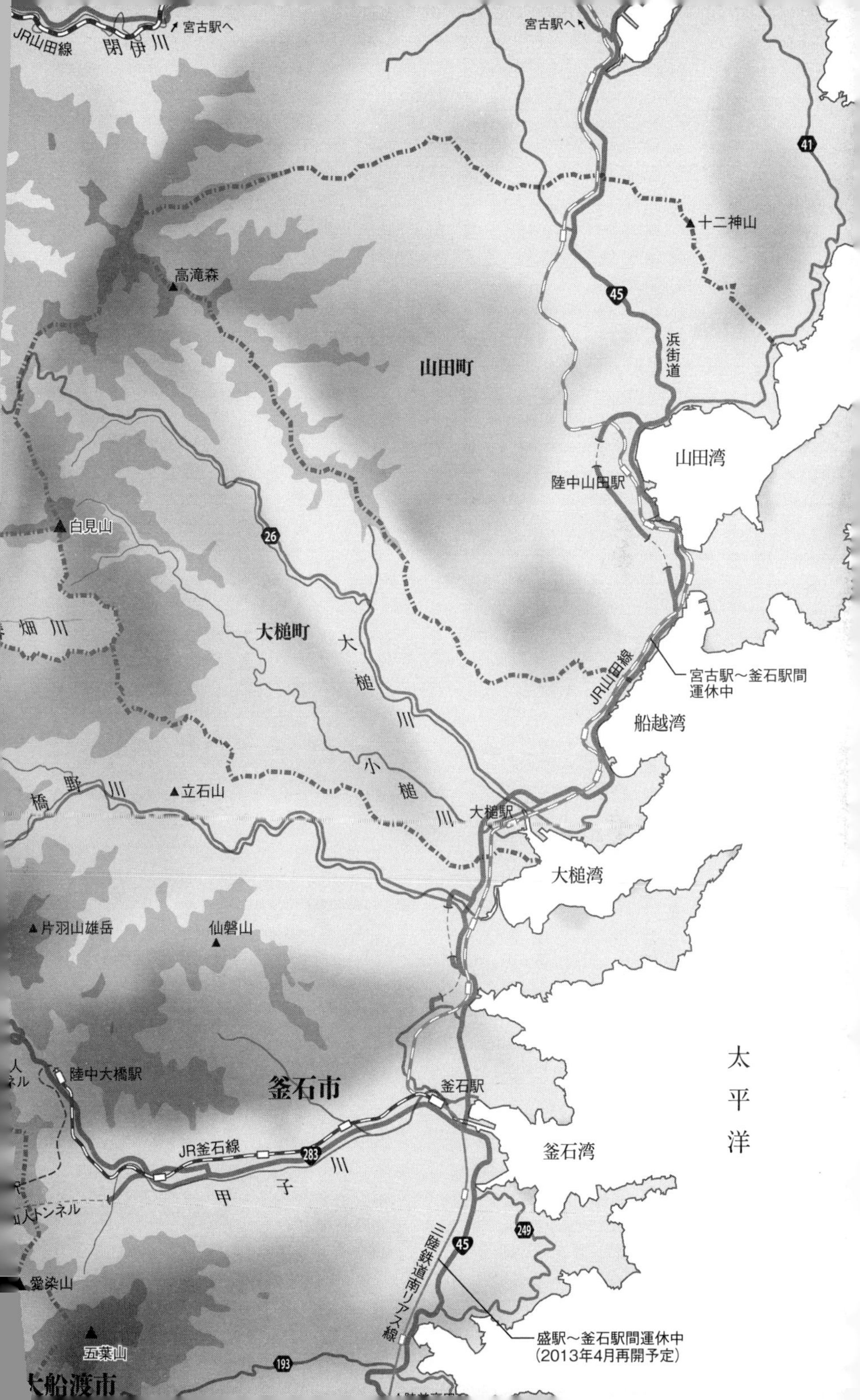
JR山田線
閉伊川
宮古駅へ
宮古駅へ
41
十二神山
高滝森
45
浜街道
山田町
山田湾
陸中山田駅
白見山
26
畑川
大槌町
大槌川
JR山田線
宮古駅～釜石駅間
運休中
船越湾
小槌川
橋野川
立石山
大槌駅
大槌湾
片羽山雄岳
仙磐山
陸中大橋駅
釜石市
釜石駅
太平洋
JR釜石線
283
甲子川
釜石湾
249
45
三陸鉄道南リアス線
愛染山
五葉山
盛駅～釜石駅間運休中
(2013年4月再開予定)
193
大船渡市

序

本书改写自柳田国男先生于昭和十年出版之书籍《远野物语增补版》中收录之《远野物语拾遗》。《远野物语增补版》为明治四十三年所著之《远野物语》增补《远野物语拾遗》而成之书。《远野物语拾遗》所收为《远野物语》遗漏之奇谈异闻，口述者为佐佐木喜善先生，删节则有铃木棠三先生参与。对此一久远故事，本人致力如同前著，不删减一字一句，或添补或更动顺序，予以改写。若是能够，敬请和《远野物语》一并阅读。愿广述其事，再次令平地人战栗。

京极夏彦

朔月——阴历一日

一百五十四

在远野一带，人强烈的思念凝聚成形，现身游荡，就叫作游离魂（*译注：原文为“オマク”[omaku]，无汉字，也叫“オネキ”[oneki]，远野地方流传的一种异于鬼魂幽灵，不分生者死者，由强烈的感情凝聚而成的幻象*）。

不论生者或死者都一样，只要强烈地思念，即会成形。无论身在远方或病榻，都会变成幻影，现身人前。

土渊村的似田贝福松入伍编到东京的近卫连队时，同龄的士兵里有个叫仁太郎的同乡。仁太郎是个怪人，热衷于倒立。也许是长于此道，不论身在何处，动不动就要倒立。

某年夏天。

六点的起床号一响，仁太郎一醒来就冲到木台去，一如往常地倒立。然而不知怎的，他从台上倒栽葱摔下，就这样昏厥过去。他不省人事，一直到下午三点多才醒来。

后来仁太郎说，他只记得自己在倒立的时候失去平衡，以古怪的姿势掀倒，但后来的事一片模糊。

不过。

仁太郎平时只要一闲，总是想着要回故乡远野。

他说他在跌倒的瞬间，也希望着能回故乡去。结果——

摔落的瞬间，仁太郎冲出了军营。但尽管他心急如焚，脚步却跟随不上。他两三步并作一跳，跳过十几二十步的距离往前跑，但还是觉得慢得不得了。仁太郎想：干脆用飞的吧！

结果他真的飞了起来。

他跳上约五尺（*译注：一尺约三十点三厘米*）高的地方，飞过空中回到了村子。途中的景色虽然不记得了，但进入村子后的景色倒是看得很清楚。

当时似乎正好是午后，仁太郎看见妻子和嫂嫂一起在家门前的小河边伸出小腿在洗脚。仁太郎冲进家里，坐到起居间地炉的主座上。

母亲抽着长烟管，笑吟吟地看着仁太郎，却没说“你回来了”，或问“你怎么跑回来了”。自己难得回家一趟，却无人理会。

——什么嘛，还是回兵营好。

仁太郎这么想，再次跑出家门，飞天回到了东京的兵营，冲进自己的班房。就在这时——

一阵刺鼻的药水味让他醒了过来。

定睛一看，军医、看护兵、同袍等很多人正围着仁太郎，全盯着他看。而且每个人都七嘴八舌地说：振作点，醒了吗？

这是午后三点左右的事。

后来过了约一个星期，仁太郎完全康复了。但他强烈地觉得自己在昏迷期间回去过奥州（*译注：陆奥国的别名，包括陆前、陆中、陆奥、磐城、*

岩代，约相当于现今的东北地方，青森、岩手、宫城、福岛县全域，以及部分秋田县）的老家一趟。这让他挂意不已。仁太郎猜想，难道这就是所谓的“游离魂”？他把当时的细节写在信中，寄回老家。

结果信才寄出，他就收到了家书。

信上提到前阵子的中午过后，妻嫂俩在河边洗涤处洗脚，看见穿着白衣的仁太郎飞也似的跑来，冲进家里头。还提到当时母亲正在起居间的地炉旁抽烟，只见白衣的仁太郎冲进家里，一屁股在主座坐下，一眨眼就消失不见了。

居然发生这种事，太不寻常了。家里的人担心是不是仁太郎出了什么事，所以写了家书询问。

这是日俄战争时的事。

一百五十三

日俄战争时，中国东北地区到处是骇人听闻的事。

俄国俘虏说，穿黑色军服的日本兵开枪就能击毙，但是穿白色军服的日本兵不管怎么射都射不死。

不过。

当时并没有穿白色军服的日本兵。

这是土渊村的似田贝说的。

一百六十

游离魂的现象并不罕见，经常发生在身边。

这是佐佐木喜善幼少时发生的事。

土渊村的光岸寺不幸在祝融中烧毁了。

寺院决定重建，由住在土渊村小字山口的工匠庆次郎担任工头，展开重建工程。

某一天。

午休时间，四五十名工人正在休息。

这时一名十六七岁的美丽姑娘穿过小门走了进来。

在场的工匠全都看向姑娘。然而不知为何，没有一个人知道姑娘接下来去了哪里。不过姑娘进来的场面，每个人都清楚地目击到了。

工头庆次郎说：

“那是我家隔壁小松家的女儿。她害了伤寒，病痛了很久，不可能跑来这种地方。看来是终于要归西了吧。”

隔天，姑娘便死了。

这是当时在场的工人之一，吉屋敷德平说的。

吉屋敷也看到了那个姑娘。

一百六十一

在土渊村公所任职的菊池，是青笹村出生的农业技师。

这是前年夏天，菊池到盛冈农业试验场洽公时的事。

那天很热。

室温高到连坐都坐不住，屋子里实在待不了人，菊池便和朋友一起到北上川河边去纳凉。

菊池坐在河边，一边吹着河风，一边和朋友闲聊，不经意地朝溪流一看。

出现了幻觉。

河面上一清二楚地冒出了故乡老家厨房的景象。

菊池大吃一惊，茫茫然地看着，上面清晰地出现姐姐抱着孩子的身影。

是幻影。

幻影很快就淡去、消失了。

因为太奇妙了，菊池担心是不是家里出了事，便写了家书。

但才刚投递出去，就接到了电报，通知姐姐的孩子的死讯。

一百四十九

远野某村的村长本来是青笹村人，年轻时候在青笹村公所当过书记。

当时为了执行春季清洁令，公所的人在巡查（译注：日本最低阶的基层警察）陪同下，花了好几天走访各个聚落。据说他也参与了当时的工作。事情就发生在这时。

某天夜里他做了梦。

梦见几名村人扛着一头五花马往这里来，是在搬运倒毙的马尸。

隔天早上那人醒来后，只觉得做了个怪梦，也没特别放在心上，像平常那样进行访问各村的工作。结果——

碰上了正在搬运五花马尸体的人群。

不管是地点、光线、扛马尸的人的服装，等等，都与梦境如出一辙。

因为太不可思议了，他现在偶尔还是会想起那个梦——这是村长本人所说的。

一百五十

这是以前发生的事。

应是江户时代。一名武士做了梦。

是个荒唐无稽的梦，梦见他把物见山给吞下肚了。

只是个梦，武士却耿耿于怀。因此他吩咐下人到大德院去抽占卜梦境的签。下人急忙赶往大德院，却在途中被认识的武士给叫住了。武士问他要上哪儿去，下人遂说出来龙去脉。

那武士大笑说：

“这下不得了啦，要是把物见山给吞下肚，肚子会爆炸的。”

后来下人去了大德院，道出缘由，请求占卜，大德院的僧侣却不愿回答，只说：

“那个梦已经被别人给解过了，贫僧无从解起。”

那个做梦的武士，后来因为某些缘由切腹自杀了。

一百四十五

这是住在远野町一个姓相住的人的遭遇。

某天相住在笛吹岭迷了路。不管再怎么走，就是转不出隘路，都已经三更半夜了，却仍困在山中彷徨。相住觉得自己完蛋了，这时脑中忽然浮现家中孩子们的脸。

他无法忍受就这样认命，遂爬上一处高岩，明明孩子们不可能听见，他却从长男开始，到最疼爱的幺儿，依序呼唤了孩子们的名字一遍。

当时相住的家人都睡了，然而熟睡的幺儿却忽然惊醒过来。那孩子发现父亲尚未归来，因为担心父亲的安危，就这样再也未曾合眼。

隔天早上。

相住循着来往山岭的马铃声前进，总算成功走到有路的地方，获得搭救，平安回家了。

相住松了口气，把昨晚的事告诉家人。

然后他得知自己在岩石上呼喊名字时，幺儿醒来的事。

幺儿说，当时他正在睡觉，却觉得父亲压在身上，从脚下爬上来，双手用力按压他的胸口，呼喊他的名字，所以惊醒了。后来也一直惶惶不安，无法入睡。

从彼此的话来看，父子所说，若合符节。

人们都说，这应该就是“兆”（*译注：原文为“シルマシ”[shirumashi]，无汉字。有预兆、预示之意*）。

兆，就是通知、前兆之意。

一百四十六

鸟也会示兆。

据说鸟啼声所显示的兆是无可回避的。

前些年，佐佐木喜善的邻家也遇上了这兆。

这户人家的亲戚老妇人从河谷的桥上摔落而骤逝了。

就在同一时刻，从那名老妇人家的方向飞来一只鸟，啼叫不休，翅膀在纸门上拍打了一下，然后飞离。

那户人家大惊，并且不安起来，说着："希望不会是出了什么事。"

这时亲戚到访，捎来老妇人过世的消息。

三日月——阴历三日

七十一

在远野地方，说到三峰大人，指的就是狼神。

三峰大人祭祀在旧仙台领（*译注：指江户时代仙台藩的领地。藩厅在陆奥国仙台城，藩祖为伊达政宗。领土范围约为现今岩手县南部至宫城县*）的东磐井郡衣川村。

每当遇到坏事、灾难，而不知道是何者所为时，三峰大人便会为人指点迷津。只要借助此神的神通力，即使有多名嫌犯，也能厘清究竟是何者所为。

委托神明时，需要举行仪式。首先由两名近亲前往衣川，暂借神体。

依据通例，神体是个小盒子，但有时是御币（*译注：即币束，神道教中祭祀用的币帛。以竹枝或树枝夹起纸条或麻布条而成*）。神体要迎至委托者的家中，不过从神社运送到家里的途中，最忌污秽。手捧神体的人要小解等的时候，一定要让另一个人捧着。稍有不敬，就会遭到报应。人们相信，如果捧着神体却不慎跌倒，就会被狼吃掉。

迎来神体后，安放在内厅祭祀。入夜后熄掉家中灯火，轮流一个个前往漆黑的房间祭拜。如此一来，就能知道做坏事的是谁。

前年，栃内和野一个叫佐佐木芳太郎的家里有棉绞纱被偷了。

应是村里的人所为，也有几个嫌犯，却苦无证据。毕竟棉绞纱上不会写名字，看不出是不是自家纺的线。

因此村人决定一起请示三峰大人。

村人到佐佐木家集合，献上供品，一面祭拜，一面等待入夜。

在场的人里面，有个妇人从一开始模样就不对劲。她面色苍白，表情僵硬，合掌的手还颤抖不止。不久后，太阳西下，祭拜的时间到了，却不知为何，只有那名妇人无法前往内厅。众人或是斥骂，或是鼓励，她却坚称不能去。众人强逼她去祭拜，她才勉强站起来，然而膝头颤抖得太厉害，无法行走。众人硬要把她拖去，结果妇人当场倒地吐血。

妇人献上的年糕也沾了鲜血。

村人判断不必逼她进内厅，神意也已经显现，断定就是那名妇人所为。

村人责备妇人，但也因为是村子里的事，不愿意闹得太大，便要她把赃物归还失主了事。女人当天便将赃物交出，得到了村人的原谅。

七十二

这件事稍早之前。

住在绫织村小字山口的濑川春助，也在去海边的时候遭了小偷。

他被偷走了现金八十圆。因为濑川也不想闹上警察，便向三峰大人祈祷开示，结果很快就揪出了窃贼，事情得以不必闹大。

明治四十三年，土渊村小字本宿一户姓留场的人家失火烧掉时，也是怀疑有人纵火，请求三峰大人开示。因为隔壁聚落的人嫌疑重大，因此两个聚落的人集合在一处祭祀。然而那一次神明却没有显灵，犯人没有现身。

这表示并非纵火，而是单纯的失火吧。

七十三

每一次祭祀完三峰大人，都必须立刻请回神明，送至衣川。这是规矩。

有户人家疏忽了这规矩，一直没有将神体送回去，置之不理。

结果那户人家的马一夜之间全被狼咬死了。

三峰大人也是狼神，因此也会有这样的报应。

十五

绫织村驹形神社俗称御驹大人，祭祀的是苍前驹形明神，神体是石神。信徒都会供奉形状如男性阳具的石头。

这座神社的由来极为奇妙。

事情发生在从前，五月插秧的时期。

全村的年轻女人都出动去插秧，这时一个行旅装扮、背着孩子的人路过村子。

女人们不经意地一瞧。

发现那人背上的孩子竟没有口鼻。头上包着红头巾，但脸部一片平滑，非常不可思议。

女人们讶异地看着旅人经过，只见旅人一路走到御驹大人的所在处，停下来休息。

有人说旅人死在那里。

也有人说是丢下孩子离开。

据传驹形神社就是那时成立的。

不过那孩子是什么人、后来怎么了、为何非在那里建神社不可，就不得而知了。

十六

从土渊村前往小国村的立丸岭山顶，有棵上面雕刻有阳具的大树，在从前，它也是石神。

这座山岭流传着阐述金精神（*译注：金精神为日本崇拜阳具的民间信仰。神体多为肖似阳具的天然石头、树木，等等*）由来的民间故事。

不过似乎还有许多地方的石神拥有极类似的传说。

土渊村小字栃内的和野这处地方的石神是一根石棒，就竖立在农地中央。据说这石神能治女性腰痛。

不过对于农地主人来说，这根石棒很碍事。它不仅妨碍农作，成天有人来膜拜也很麻烦。有一次，地主打算把这根石棒拔起来丢去别处，因此挖掘石棒根部，没想到挖出了数量惊人的人骨。地主害怕作祟，把骨头埋了回去。结果石棒到现在依然竖立在农地上。

挖掘石棒根部，竟挖出人骨的例子还有别的。

小友村的虾夷冢就是一个例子，据说绫织村还有其他两个例子。

十三

前往宫守村小字中斋的路旁有一尊石神。

据说是乳神。应是能保佑产妇顺利泌乳。

传说在过去，有名尼僧不知何故，变成了这尊石头。

至于是因为什么样的经纬而变成石头，并未流传下来。

七十四

土渊村小字山口的南泽三吉，家里的屋内大人（*译注：原文作“オクナイサマ”[okunaisama]，汉字或作“屋内样”或“奥内样”*）是一幅佛画挂轴，上头的图样几乎就像是阿弥陀佛。不过传说看了这幅挂轴眼睛会瞎掉，因此没有人可以看它。

大同家也有一样的挂轴，但还有一尊木像的屋内大人。南泽家只有挂轴而已。

不过据说两家都还附有另一幅挂轴，写着“南无阿弥陀佛”。

某天晚上，南泽家遭了小偷。

宵小趁夜深时分潜入客厅，将财物放入大箱背起，准备逃跑。然而却不知为何，手脚突然动弹不得。小偷就这样以背着箱子的姿势，僵固在客厅直到早晨。天亮以后，南泽家的人发现小偷，大吃一惊，但仔细一看，那小偷竟是街坊邻居。家人要他放下赃物快滚，不予追究，但无奈小偷无法动弹。

他既无法放下箱子，也无法走动。

众人都讶异是怎么回事，忽然留神一看，发现佛坛的门打开着。

家人认为这是神明的旨意，在屋内大人前供上灯火，要小偷为自己的罪行忏悔。小偷诚心致歉，四肢才总算恢复了自由。

这是距今八十年前的事。

七十七

远野有许多人家祭祀御白大人（译注：原文作“オシラサマ”[oshirasama]，无汉字），这种神明有个广为人知的由来。

不过每一块土地流传的内容似乎都有微妙的差异。

附马牛村也流传着几种版本，以下试举一例：

天竺一名富翁的女儿嫁给了马。

富翁恨极此马，遂将其宰杀，剥皮之后挂在松树上。

女儿前往挂了马皮的松树下，思恋马而哭泣。

结果悬挂在枝头的马皮对那哭声起了反应，自行飞动，落下来裹住女儿的身体，飞上天去了。

远野镇上流传的版本又不同：

以前某个乡下地方住了一对父女。

女儿嫁给了马。父亲盛怒不已，把马绑在桑树下杀掉了。

女儿悲痛欲绝，剥下死马的皮，用那皮造了小舟，操着桑木做成的船桨出海去了。

但女儿仍哀痛不已，最后终于悲伤至死，尸身漂流到某处海岸。

传说从那艘马皮舟和女儿的尸首冒出来的虫就是蚕。

土渊村一些地方流传的版本，又有些不同。

直到父亲杀马的部分都一样。

女儿看到父亲杀了马，悲痛已极，说：

“事已至此，我不能继续待在这个家了，但我会安顿好爹往后的生活再离开。春季三月的十六日早上，请爹在黎明起床，看石臼里面。里面的东西应该可以养活爹。”

然后便随着马的尸首一起飞上天了。

到了那一天，父亲照着女儿说的看石臼，发现里头冒出许多有马头的白色小虫。父亲用桑叶喂养那虫，据说这就是养蚕的开始。

七十九

远野地方的御白神祭典，主要在正月十六日举行。

唯有此神，祭祀一事称为“游乐”。

像是山口的大同家，祭日当天，该户人家的御白大人的众养子会从各地带着大镜饼（*译注：做成扁平圆状的年糕，因肖似镜子，故称镜饼。一般大小两个重叠在一起，拿来供奉神明*）前来。清晨，从幽暗的内厅佛坛取出熏得漆黑的旧箱子，由该户人家担任斋子（*译注：イタコ [itako]，日本东北地方的巫女，能降灵为死者或远方生人发声。属于巫觋宗教 [Shamanism] 系统。因有别于日本神道教之巫女 [miko]，故译为斋子*）的老奶奶亲手打开，取出一年只有这一天能见光的神明。被取出的御白大人由集合而来的养女和妇女穿上崭新的红花染布，并施以一年一度的化妆。头部要扑上白粉，但如果家里没有白粉，养子也没有带来，有时也会把米粉溶入水中，代替白粉涂抹。

御白大人换好衣裳，头部抹上白粉后，便被摆饰在神坛上。

接着用养子带来的镜饼做成红豆麻糬，供奉神明。养子们也会一起分享这些红豆麻糬。御白大人特别喜爱红豆食品。

供奉完红豆麻糬后，就进入御白大人的游乐时间。

斋子老奶奶慢慢地拿起神体，使其游乐。

唱着自古流传的御白大人游乐的歌曲，令御白大人活动。

这些歌曲先是陈述神明的由来，告慰神明，然后由会唱的女孩合唱一些短的段落。

妙音讲・妙音讲・妙音讲之神，没什么了不起——

七代都变瞎子吧——

这歌词与紫波郡一带流传的几乎相同。

御白大人游乐结束后，众人便可任意行动。养女们让御白大人在房间里游玩，最后拿到地炉旁，用双手旋转，各自占卜往后一年的凶吉。

也就是接受此神特有的启示（*译注：御白大人的原文为“オシラセ”[oshirase]，语源据说有可能来自于通知、启示之意的“お知らせ”[oshirase]*）。

八十

据说山口的大同家祭祀的御白大人，原本是从山崎的作右卫门这户人家分来的。

这里的御白大人是三姊妹，其中一尊在柏崎的长九郎那里。长九郎是阿部家的人，因此应该是传说中帮忙耙地的四尊御白大人当中的一尊。

山口的大同家自古就有屋内大人。那是一尊高约二尺的木像，据说也是大师神。这户人家惯例会在每年正月十六日为这尊屋内大人涂上白粉，因此很自然地也同样为后来的御白大人涂抹白粉。

七十五

御白大人的神体基本上是两尊。

一般是男女一对，一个戴乌帽子（*译注：日本古代成年男子所戴的袋状高帽子*）、一个圆头，或两个圆头这样的组合。

有不少御白大人，男神的头雕刻成马头形，这应该是更古老的形态。里面也有些男神是马头，而女神是垂发，头上只刻了尖尖的兽耳。

值得注意的是，被视为此神由来的传说故事，与神明外貌的关系。传说中登场的角色是马和姑娘。

此外，整体来说，御白大人的神像是愈新的愈大。

其中甚至有长达一尺到一尺二三寸（译注：一寸约三点零三厘米）的神像。老神像多半较短，而马头的御白大人大抵上都形态短小。

七十六

御白大人的神体数目，从传说等来推测，当然应该要是一对，但四尊或六尊的情况也不少。

气仙的盛町附近，有户人家甚至有多达十二尊御白大人。

二户郡净法村寺，野田的小八这户人家，家中的御白大人是三尊。除了男女一对之外，还有一尊小儿形姿的神体。就像这样，有各种例子，不过各村落的草创之家——被称为“大同”的人家所流传的御白大人，似乎都是两尊。

由此推测，应是分家后形成的人家，因为某些理由而做了新的神像，并愈做愈多。

土渊村的草创人家据说是土渊村五日市的北川家，但现在已经断绝了。这户人家的御白大人是两尊。分家的火石北川家是四尊，再分家的北川家则有六尊神像。

本家的神体已经遗失了，但火石北川家的四尊里面包括了马头形状的神体。而火石北川分家的六尊神体全是圆头。

传说曾经帮忙耙地插秧的柏崎阿部家祭祀的御白大人是四尊，一尊是马头，一尊戴乌帽子，剩下的两尊是圆头。应是男女一对，共两套吧。高度都是五六寸，雕刻手法原始，但上头的相貌魄力十足。那马头看起来甚至像是龙头。

七十八

御白大人被视为养蚕之神，但绝非只是如此。

它也被视为护眼之神，或治愈妇女疾病的神明，以及儿童之神，受到信仰。

远野地方一有小孩出生，就会请邻近的御白大人收为养子，是为了孩子平安长大。

又，当妇女胸腹绞痛时，有时男人会去请来御白大人，祈祷痊愈。

二户郡净法寺村一带，斋子在降神时也会使用御白大人。

东磐井郡也有相同的风俗。

八十三

亦有许多人相信御白大人是狩猎之神。

土渊村一户姓菊池的猎人家里，有一卷代代珍藏的卷轴。

祖传的卷轴里记载了九样猎人的秘密道具：金弹银弹、虎鱼、御白大人、三途绳、五月端午的艾草和菖蒲，还有女人的毛发等。

卷轴中还说：

出门狩猎前，必先手持御白大人祭拜之。御白大人所指之方位，必有收获。

八十四

松崎村小字驹木的真言宗福泉寺住持佐佐木宥尊，是附马牛村的大出人。住持说大出一带，也有许多人将御白大人视为狩猎之神。

过去猎人在外出打猎前，一定会先向御白大人祈祷，请神明指示今天该前往哪个方向的山林打猎。

占卜的方法，是双手夹捧神体，摩擦并旋转，然后前往神体的头部所指示的方向。马头的话，指示的方位更为明了。很像这个国家广为流传的占卜游戏“舔舔神的纸捻钩”（*译注：江户时代的一种游戏，据*

说是在揪出某个行为［比方说放屁］是谁做的时候所进行的仪式。做法是众人围坐成圈，将纸捻子弯曲成钩状，双手揉搓着，并唱“舔舔神是诚实的神，是谁做的，是谁做的，指出来”，唱完时纸捻钩指向谁，谁就是犯人）。

从这些地方来看，该地区似乎将御白大人解读为“启示神”（译注：见七十九注）之意。

据说即使是现在，在决定胎衣要埋在深山何处时，有些人仍会请示御白神的旨意。

八十五

土渊村大字饭丰的今渊小三郎说，有时候御白大人也被称为“钩佛”。

正月十六日的御白大人游乐之日，会进行占卜，预知当年的吉凶好坏。请示神谕时，就和舔舔神的纸捻钩一样地旋转御白大人。透过指示的方向，可以预知许多事。

从前大人也会透过这些方法来得知神意，但现在主要只有小孩子在做。

在今渊家，前些日子的正月，众人也才围在暖炉矮桌旁玩得不亦乐乎。

八十六

舔舔神的纸捻钩是日本各地广为流传的游戏。每个地方玩法应该都大同小异，但在远野地方，主要是用来揪出放屁的人是谁。

孩子们会围坐成一圈，中央坐着一个人。此人将弯成钩状的茅草或胡枝子的茎夹在双手中，一边搓揉一边念念有词。当念完的时候，捻钩前端所指示的人，就是放屁的人。不管有没有说中，被指到的人都要负起放屁的责任。

当然只是游戏。

念诵的词句如下：

南无三无三（或臭死人了），

舔舔神之钩，

是真实之钩，

是谁放的屁？他放的屁。

快快指出放屁的人。

不过通常在念诵纸捻钩游戏的词句之前，大概就知道放屁的人是谁了。即使不知道，也可以从神情举止看出来。在中间主持仪式的孩子因为知道犯人是谁，会抓准时机操作捻钩的方向，因此捻钩的头自然会指向对的人。

所以虽是游戏，却能占卜出犯人。

八十一

这是附马牛村竹原家老翁所述之事。

竹原家也有御白大人，但这户人家的御白大人只知道吹毛求疵，却没什么保佑。

简而言之，有一堆禁忌。

一下说不能吃鹿肉、一下说不能吃兽肉，啰里啰唆管很多。

因为太烦人了，有一次家人煮了一锅御白大人禁止食用的鹿肉，把御白大人扔进滚滚沸腾的锅里骂道：

“臭家伙，过来吃鹿肉吧！”

结果御白大人立刻从锅里跳出来，掉进了火炉里。

家里的人都吓坏了，捡起神体供奉到佛坛上。

竹原家失火的时候，这个御白大人也自己飞出屋外，没被烧掉。所以这尊御白大人现在还供在家里——竹原老人说。

气仙的上有住村的立花家也有御白大人，这户人家的神也很挑剔。

立花家有个禁忌，如果吃鹿肉会变歪嘴巴。

家人打破禁忌吃了鹿肉，果真成了个歪嘴人。

家里的人大怒，说神居然敢这样对人胡来，简直荒唐，再也不祭祀它了，把神体扔进了河里。然而御白大人没有漂走，反而逆流流了上来。立花家的人见状惊恐不已，捞起神体带回家，再次祭祀，并诚恳地膜拜谢罪。

但据说歪掉的嘴巴还是没有恢复原状。

八十二

御白大人禁止人们吃鹿肉的例子不少。

一个住在海边大槌町的人，家里也有御白神，他吃了鹿肉，成了歪嘴。他大为困扰，求助于斋子，才知道作祟的不只是自家的御白神，连远野的御白神也在作祟他。因此那人甚至跑到山口的大同去祭拜。据说佐佐木喜善的母亲就看到过那个人。

栃内一个姓留场的男人四十多岁，靠贩马维生。

他家也祭祀着御白大人，但有人听到他神气地宣称：

“我吃了一大堆鹿肉，嘴巴还是好端端的。”

换句话说，禁忌本身还是有的。

相反地，听说火石一个姓高室的人吃了鹿肉，结果发疯了。高室家也有祭祀御白大人，所以应该有禁忌。他后来也是求助于斋子，请斋子代他虔诚地敬拜，据说后来就获得原谅了。

五十七

鳟泽村一户姓笠之通的人家祭祀着权现大人。

权现大人是每个神乐舞团各别祭祀、形似狮子头的木雕像。

小正月（*译注：即阴历正月十五*）的夜晚，该户人家会请来村子的年轻人表演神乐。

每次这个权现大人都会失控，想要离开受祀的坛位跟着一起舞蹈，无法制止。每回表演神乐，权现大人都会跑来大厅，疯狂舞动。

年轻人都束手无策。

因此有时也会先把这尊权现大人请入土仓库，确定关好门，然后再表演神乐。

五十八

附马牛的驿站有一座新山神社。

明治维新前后，有一次新山神社的祭典之日，有来自远野八幡大人的神乐舞团一行人前来，献上神乐。

当晚，八幡的权现大人寄宿在附马牛一户姓山本的人家。山本家也是村里表演神乐舞的人家，因此内厅的凹间安置着该户人家的权现大人。于是远野的八幡神乐团将他们的权现大人安置在旁边，令其安歇。

当天深夜。

巨大的声响把一行人吵醒了。内厅传来某种激烈的打斗声。开灯一看，团员都在房中，一个不少。那么到底是谁在打架？前去一看，竟是山本家的权现与八幡大人的权现正上下互咬，打斗不休。

众人惊愕地看着，只见八幡大人的权现被咬掉一只耳朵，落败了。

现在远野的八幡神社的权现依然少了一只耳朵。

五十九

宫守村小字冢泽的多田这户人家，是神乐大夫（*译注：大夫为神乐团的团长*）的家。

这家的权现大人，也被称为“缺耳权现”。据说是某年权现绕境的日子，在路上碰到其他村子的权现，打起架来，一只耳朵被咬掉了。

不过虽然少了一只耳朵，依然灵验无比。

有一次，这个权现夜半在客厅闹得天翻地覆，吵醒了家人。醒来一看，屋子失火，正熊熊燃烧着。家人急忙灭火，据说权现也飞来飞去，帮忙咬火。

这是多田家的儿子说的。

七十

远野町小字莲华的九头龙权现神社境内，耸立着一棵老栗树，俗称“妖栗枕栗”。

传说这里的权现，以前曾经要求以活人献祭。

权现会把头枕在栗树上，吃掉献祭的女人。

所以才叫作枕栗。

另外，也有人说这里的权现，真面目其实就是那棵栗树。也许这个权现的神体就是用那棵栗树的木头做成的。

宵月——阴历七日

一百〇三

土渊村山口火石住着一个老人高室勘之助。他在明治末年，以八十三岁的高龄逝世。这是他中年时候的遭遇。

当时高室在海滨地区以送货为业。

那天高室正从大槌海滨送鱼货回来，来到叫作山落场的溪谷上方，不经意地往下一看，发现山谷间有一小块平地，上头铺满了摊开的草席。好像正在晾草席。

居然在这种地方晾草席，太奇怪了。高室心想，把马系在山峰上，前去一探究竟。这是被勾起了好奇心。

然而他费尽千辛万苦下去瀑布一看，却什么都没有。东西都收起来了，连一片草席也不剩。

这是高室的孙辈说的。

一百〇二

明治末年。

土渊村栃内大楢一个退伍军人大楢幸助到六角牛山去割草。他进入深山，来到一处从未到访的陌生溪谷。

大楢倒抽了一口气。

不是因为那是个未知之境，而是因为那处溪谷的每一棵树木都挂满了为数惊人的衣物。有人在晾衣服。大楢目瞪口呆地看着，这时不知道从哪里冒出了一名巨汉，两三下便把晾晒的衣物收拾干净，一眨眼就走下山谷，不见了。

这是大楢本人说的。

一百〇四

大正初期。

有个人在从鳟泽村前往稗贯郡谷内的山路途中发现一只大草鞋。

草鞋以竹条编织而成，长达六尺，极为硕大。

而旁边的竹丛里，有个红脸巨汉正在熟睡。

人们说那应该是山男。

目击巨汉的那个人，当时年约五十。

一百

某天，一个青笹村的村人到六角牛山去剥椴树皮。

结果冷不防有人从后方叫住他。他惊讶地回头，看见一名身高可能高达七尺的巨汉站在那里。巨汉看到那人剥树皮的灵巧动作，似乎甚为佩服。

巨汉问剥下来的树皮要做什么。

椴树皮有许多用途。那人心想不假辞色似乎不太好，便提心吊胆地说出用途。

结果巨汉说：

“我也来帮你剥。”

然后开始帮忙。

巨汉折草似的轻松折断椴树，并剥下皮来。那实在不是常人办得到的。

很快便剥好足够的量了。那人说已经够了，巨汉便停手，这回指着旁边正用火烤着的年糕，要求：

“给我一点。”

那人点点头，巨汉便毫不客气地伸手，接二连三把年糕吃得一干二净，满足地说：

“啊，好吃。”

然后他问：

“明年这时候你还会再来吗？如果你来了，我再帮你忙。所以你也要再拿年糕来，如何？”

那人很害怕，为了杜绝后患，便说他明年不会再来了。没想到巨汉说：

“那么某月某日的晚上，你要捣三升年糕，放在你家门口。这样我就送你家一年份的椴树皮过去。”

那人担心如果拒绝，不知道会遭什么殃，无奈答应，与巨汉道别了。

到了隔年约定的日子。

那人捣了三升年糕，分成小年糕，摆在膳台上，放在檐廊附近。

夜深时分，庭院传来“咚”的一道巨响。隔天早上一看，庭院里堆着约两匹驮马量的椴树皮，年糕则消失得无影无踪。

这是两代以前的家长遇到的事，后来每年到了约定的日子，也都一定有椴树皮送来。当然，该户人家也会每年供上年糕。

据说现任家长小时候还有椴树皮送来，但从某一年开始，就忽然断绝了。即使年年供上年糕，也再没有椴树皮送来。

据说这三十年间都没有。

一百〇一

这不是远野的故事，而是二户郡净法寺发生的事。

因为很类似，因此顺带记下。

事情发生在距今七十年前。净法寺村宇野田有个人某天上山办事，途中碰上一名巨汉，也说要上山，两人便结伴同行。

巨汉不停地问：

“你身上背的是什么？”

巨汉似乎不是对行李本身，而是对那人当成便当带来的年糕好奇得不得了。没多久，巨汉便开始要求：“虽然不晓得那是啥，但让我舔一口吧。”那人告诉他：

“这是年糕。”

巨汉便说：“一点就好，分我一些吧。”那人没办法，只好分给他，巨汉非常开心，吃了年糕，然后问：

“你们家的田已经整地了吗？”

那人回答说还没有，巨汉便说：

“那我帮你，某月某日夜里，你捣上三升年糕，和一把三齿锄一起放在你家田埂上，我去帮你整地。”

那人一开始觉得害怕，但渐渐觉得有趣，便答应了他的要求。

到了约定当天。

那人捣了年糕，拿到田埂上放着，一整夜纳闷着究竟会如何，隔天一早便去探视情况。

三齿锄还在原处，但年糕消失得一干二净。

田地完全整好了。但似乎没有区别田界，整个翻耙，连田埂都不见了。

后来，那人也三番两次遇到那名巨汉。

虽然变成了类似朋友的关系，但据说每次上山，都会被索求年糕，令他感到有些吃不消。

巨汉再三叮咛那个人说：

“我是个好人，但我老婆是坏人，你可千万别被她看见。”

一百〇五

大正初期。

松崎村小字驹木有个孩童，在西内山遇到一名巨汉。

据说是收割萩草季节的午后时分。

那名巨汉穿着当地人常穿的一种木棉衣，是袖子呈三角形的短工作衣（*译注：此种衣物原文为“ムジリ”[mujiri]，无汉字*）。此外，他的肩上搭着一只像是藤蔓编成的包包，里头有许多蠕动的蛇。

孩童吓了一跳，躲进路旁的草丛，缩起身体。

男人也许没发现孩童，匆匆忙忙经过前面离开了。

据说男人经过时，孩童吓得几乎昏死。直到男人不见，他才一路奔逃回村子。

这是正月游戏的夜晚，从年轻人那里听来的事。

一百〇六

这是大正二年冬季发生的事。

当时土渊村栃内的猎人菊池荣作住在山上，打猎生活。

菊池当时还是个二十五六岁的青年，在早池峰附近的附马牛村大出的山中搭了小屋打猎。

有一次菊池打完猎，准备返回小屋，靠着林间洒下的微光前进，眼前突然冒出一名巨汉。

那名巨汉双眼圆睁，眼珠子炯炯发亮，注视着菊池，然后盯着他就这样准备离开。

菊池会感到讶异也是当然的。

他开口问对方：

“你要去哪儿？”

那人直率地回答：

“我要去牧场小屋。”

巨汉分开如丛林般密生的树木，深入山林消失了。瞬间菊池以为他是牧场小屋的看守人，但冬季期间牧场小屋是关闭的，无人看守，冬季应该也没有人会去那里。

佐佐木喜善和这位菊池荣作是朋友。这件事也是佐佐木从菊池本人那里听说的。

佐佐木询问那名巨汉的衣着，菊池说：

“天色昏暗，看不真切，但应该是麻料工作衣，提个藤蔓编成的包包。”

佐佐木又问，巨汉大约有多高？

菊池回答：

“这个嘛，应该有五六尺高吧。年纪跟我差不多。”

一百六十六

这是最近的事。

宫守村一群修行者登上早池峰山，进行走山（*译注：修验道的修行者巡回山中灵场，诵经、献经等等的修行*）。

一行人从附马牛口上山，来到山顶上的龙马场。

这时他们看见六七名背着风袋（*译注：一种类似长筒状幡旗，一边收底的袋子*）的巨汉，从南向北经过山顶。这群巨汉身形魁梧，背着的风袋也大得异样。

就在回程的时候。

下山前天就黑了，众修行者在黑暗中迷失了路途。山中一片漆黑，一群人分不清东西南北，正走投无路时，发现前方半空中出现一团光。那光就像在引路一般，飘浮着照亮一行人的前方。

多亏了那光，一行人成功下山走到叫作空之坊（*译注：原文作“カラノ坊”[karanobo]*）的地方。

不久后，月亮露脸，四下变得明亮，那团光也就消失了。

一百二十

远野町的老翁政吉以前住在土渊村，是个猎人。

这是政吉三十五六岁时的事。

年轻的政吉有一次在琴畑深处一个叫小厚落的陡峭崖地（*译注：崖地原文作“ガロダチ”[garodachi]，意为高耸的悬崖*）吹鹿笛，结果忽然有人从后方将他推落。

摔落的政吉因为太惊吓了，连呼吸都停了，并且全身结结实实地撞击在地上，因此好半晌无法动弹，只是躺在那里，但他认为这样下去会没命，便勉强自力爬上悬崖，好不容易才回到同伴所在的小屋。

当时同伴的老猎人严厉地告诫政吉说：

“猎人常会在山里遇到那样的事，但绝对不能说出去。”

据说那一带是山男山女行经之路。

一百一十五

这是大正二年秋天的事。

一名住在金泽村的老猎人深入白见山打猎。他沉迷于追捕猎物，不知不觉间入夜了。他急忙下山要回家，却在经过溪谷的时候——

眼前忽然冒出三根熊熊燃烧的蜡烛。

猎人停下脚步，看了一会儿。因为这景象实在太奇异了。

三根蜡烛逐渐靠拢，倏地合成一根巨大的蜡烛。猎人正自诧异，火焰烧得更旺了些，从火舌冒出一张披头散发的女人脸庞——

诡异地笑了。

后来的事，老猎人似乎不记得了，但他一直到过了夜半，才又恢复了神志。他说这应该是狐狸所为。

这是这个地方的区署长小林说的，他表示是在金泽村亲耳听见的事。

一百一十六

这是明治末年的事。

土渊村小字野崎有个三十多岁的男子前川勘右卫门。

前川在山落场搭了间临时小屋，住在那里收割茅草。入夜以后正要休息，结果听见紧临小屋的后方传来震耳欲聋的笑声。

啊哈哈哈，据说声音笑了两次。

是老人家的声音。

前川在白见山看见过成团掉落在地上的女人头发。颜色是红色的。据说这个地方的猎人经常看见这类落发。

一百一十一

前些年，住在栗桥赤柴（*译注：赤柴原文为“アカスパ”[akasupa]，无汉字*）

的猎人到白见山打猎时，被大雨困住了。猎人进退维谷，雾也渐渐浓了，终于无法下山了。

猎人无可奈何，靠在树下过了一晚。

天亮之后雨停了，天空也逐渐放晴，猎人准备打道回府，跨出步子的瞬间，竟滑落到极深的山谷里。因为浓雾和下雨，加上天色漆黑，他没发现自己身在一个地势崎岖的地方。

因为没受伤，他想要回去，却碰上前方有个异样的女人走了过来。女人身上的和服破烂褴褛，头发也披散结块，双脚赤裸，但确实是人类。

猎人感到害怕，情急之下用猎枪瞄准对方，但——

女人竟是冲着他笑。

猎人怕了起来。

但对方是人。他觉得不可以射杀一个人。

好几次他都想要开枪。但想归想，却怎么也下不了手。

猎人无法扣下扳机，一面保持距离，一面观察，这时女人忽然飞也似的冲了出去，消失在山谷深处。

猎人后来听说，那应该是小国村的疯女人。

那个女人在四五年前离家后，便下落不明，很多人都说应该就是她。但如果是她，又怎么会在白见山？

人们做出种种臆测，但没有人知道究竟是不是那个女人。

一百一十八

这是明治二十四五年的事。

小槌有个人称釜渡勘藏的，到热浪山（*译注：原文作“カゲロウの山”，カゲロウ为热浪、热气之意*）打猎，搭了临时小屋住在那里。

一晚，一阵强风吹过，突然变成了暴风雨。

有东西被风吹来，勾在小屋上。或者说，感觉更像有一只鸟飞过来伫立在那里。

勘藏不知道那是什么，但那东西对着小屋里的勘藏唤道：

“嗳嗳。”

说是小屋，也只是简陋的临时小屋。那个东西就停在小屋上头的横木上。勘藏虽然疑惑那是什么，但也许他生性大胆，也不害怕，随口应了声：“噢。”

结果那东西问：

“嗳，是东还是西？”

勘藏不知道该怎么回答，想了一下。

结果那东西再问：

“嗳嗳，是东还是西？”

勘藏莫名其妙，说：

“哎哟，哪有什么东西南北？”

紧接着他塞了两颗子弹到枪里，看准声音的方向击发出去。

那东西“啊”地惊叫一声，在溪谷间制造出巨大的回音，似乎摔落下去了。

隔天天气好转，勘藏下去河谷寻找，但据说什么都没有找到。

一百六十四

有时在深山搭小屋过夜，小屋附近的森林会传来大树被砍倒般的声响。

这叫作天狗倒（*译注：原文为“天狗ナメシ”，ナメシ的语源不明。此种现象称为“天狗倒”“空木倒”*）。

在远野地方从事山林工作的人，据说每一个人都听过。

一开始是斧头砍树的声音。

隔了一段时间，接着是树木崩裂倒下的声音，连树倒时刮起的风，都会传到听见声音的人那里。能感到树倒时扑来的风。

隔天前去查看，却没有任何一棵树倒下。

此外，有时也会听到咚咚咚、咚咚咚的鼓声。

有人说那是狸子在敲鼓，也有人说是天狗的鼓声。

据说听到这种声音，接下来两三天，山上一定会刮起狂风下起暴雨。

一百一十七

这是直接从土渊村小字野崎的佐佐木长九郎那里听说的。他年五十五六岁。

有一次，佐佐木带了几个人上白见山砍树，搭了小屋住在那里。伐木作业长达好几天。

一天晚上，佐佐木在山谷溪边洗米，发现隔了一个峡谷的地方不断地传来伐木声。人们不会在夜间伐木，所以他以为自己听错了，便侧耳细听，没多久却听见树木倒下的声音。

佐佐木一下子怕了起来，回到临时小屋，正要进入小屋的瞬间，有人用撕裂般的厉声大吼：

“站住！”

佐佐木吓破了胆，冲进小屋，小屋里的人也都吓得面无血色。

这是明治末年的事。

九十八

远野的一日市，有户叫万吉米屋的人家。

据说以前是极兴隆的富家。

这户人家的家长万吉，某年冬天到稗贯郡的铅温泉去疗养。

不知道第几天的时候，万吉正优哉地泡澡，这时传来开门声。

泡汤疗养的客人不多，因此他转头看是谁来了，却是个从未谋面的男人。而且那人身材极高大。

万吉正觉无聊，便与男人攀谈。

男人也爽朗地回应，两人一下子就亲近起来了。

两人聊着无伤大雅的气候等话题，万吉自报姓名，问对方的名字，男人说：

“我是天狗。”

男人鼻子并不高，不过脸很红，体格也极魁梧。

万吉被勾起兴趣，问：“天狗大人居住在何处？”

“我居无定所，在出羽的羽黑山、南部则是严鹫早池峰等群山之间来来去去。那你呢？是哪里人？”

被问到住处，万吉坦白地说出自己是远野人。男人闻言很开心：

“这样啊，你是远野人啊。我也会去五叶山和六角牛山，所以时常经过远野一带，也从天上看过远野，但在那儿没有朋友，所以不曾多做停留。对了，往后就上你家吧。”

万吉说，虽然没什么东西可以款待，但请务必光临。

“嗳，不必张罗，多给我几口酒喝就行了。”

男人哈哈大笑说。

那名巨汉在温泉待了两三天后，对万吉说：

“后会有期。”

然后离开了。

一年后。

冬季某一天，有人敲打万吉家的门。开门一看，来访的竟是那位天狗。这出其不意的访客令万吉哑然。

“我刚从早池峰来，正要去六角牛山。”

天狗说。

“不过一刻左右就回来，今晚可以借宿一宿吗？”

然后天狗也不待回答，便说：

“我去去就回。”

随即走出大门。一刻就是两小时，单程不到一小时，实在不可能去得了六角牛山。万吉正这么想，没想到不到两小时，天狗真的回来了。

天狗说：

“六角牛的山顶积雪意外地深。我想就算我这么说，你们也不会信，所以摘了这树叶回来。”

然后天狗出示一束竹柏枝。

六角牛的山顶确实长着竹柏。但从远野的镇上到六角牛山顶，单程应有五六里（译注：一里为三点六至四点二公里）。而且现在是冬季，山区被积雪所覆盖。竟能在一小时之内爬到竹柏生长的地方，这不是人类办得到的。

完全是神佛之力。

万吉米屋的家人们都惊讶极了，深为尊敬，依约端出大量的酒款待。

天狗也开怀畅饮。

隔天早上，天狗说要去出羽的鸟海山，离开了。

从此以后——

天狗每年都会来拜访万吉一两次，过夜再走。每次万吉都会让他尽情喝个够，但天狗说：

“总是白喝你的，也太过意不去。”

临去之际，都会留下若干光钱。光钱就是文钱。万吉说，感觉上天狗与其说是在前往别处的途中顺道过来坐坐，更像是想要喝酒才过来。也许天狗很享受与万吉的交流。

天狗的拜访持续了很长一段时间，但有一次他说：

“万吉啊，我似乎天寿已到，也许往后再也见不到你们了。这就当作我的遗物，你收着吧。”

然后脱下身上款式如狩衣（译注：现今日本神官所穿的服装款式。原为平安时代的贵族日常服、镰仓时代以后的贵族、武士礼服）的衣裳，交给万吉。

据说这是天狗最后一次来访。

从此以后，天狗再也没有现身。

而天狗的衣裳，现在仍保存在万吉米屋家里。

只有每一代的家长在继承交接时，可以看到一次。

但也有人大力拜托，看到实物了。

据说那是一件如夏衣般轻薄的衣物，几乎看不出缝合处。然后上面有个大大的图案，但看不出是什么。

九十九

远野街上的某户人家，也有祖传的天狗衣裳。

那是一件类似和服衬衣“襦袢”的窄袖衣物，质地轻薄，很像细麻纱布。颜色是青色，袖上织有十六瓣的菊花花纹，胴体部分有葫芦形状的图案，其中点缀着相同的菊纹。此外，这户人家还有据传是天狗赠送的木屐，一样是传家之宝。

这些是从前与这户人家有亲交的清六天狗这个人所穿的衣物。

根据传说，清六天狗是花卷一带的人。

虽然并未留下他相貌奇异或身量高大的说法，但他似乎具有异能。他并非所谓的天狗，而是人们都叫他天狗。好像是修验道的僧侣。

清六天狗在攀登早池峰山等地的时候，总是比别人晚出发。当其他人总算爬到山顶时，他已经在不知不觉间赶过他们，等在那里了。

“你们怎么这么慢！”

他会这么笑着说。

清六天狗嗜酒，总是随身带着小葫芦。据说那葫芦不论倒进多少酒都不会满出来。此外，他一定都带着生锈的钱币，买酒时都用那钱币支付。

据说他的口头禅是：

“我就是万物之王。”

清六天狗的幺孙现在仍住在花卷附近。附近的人都管他们家叫“天狗之家”。

最近，这天狗之家的女儿堕入风尘，搬进远野的茶室生活。这个女人不管夜间门户锁得多森严，都能溜出街上。她会不晓得从哪里冒出来，在街上漫游，偶尔跑进别人家的苹果园采水果吃，引以为乐。

听说现在搬到一之关了。

一百三十五

青笹村大字中泽有个叫新藏的人。新藏的祖先，家里曾有个美丽的女儿。

女儿毫无预警地消失了。人们都说不是离家出走，就是遭到神隐了。

家里的人放弃寻找，当她死了，把她离家那天当成忌日，上香祭拜，但过了三年的某一天，女儿忽然回来了。

人们团团包围她，问她跑去哪里、做什么了。

“我被六角牛山的大王抓去当媳妇了。但我实在太想家，便请丈夫给我假，像这样回来看看，但很快就得回山上去。丈夫给了我心想事成的宝贝，我想要让娘家大富大贵。”

女儿这么说。她后来是怎么回山上的，没有人清楚。说出这件事的人，好像也没有听说详情。

不过新藏家后来变得极富有。

一百〇九

远野町某户人家夫妻吵架了。

和丈夫发生激烈口角后，年轻的妻子冲出家门。但应该是离家一看，才发现自己无处可去。好像也有人目击到她茫然若失地站在家门前，左右张望，看着傍晚的街景。

但女人就这样消失了。

人们都说她遭到神隐了。

后来过了一段时间。

一名男子上千磐岳去割草。

他在那里碰到一个老太婆。老太婆好像是从巨岩之间走出来的。老太婆衣衫褴褛，许多地方都用树叶补缀，就好像民间故事中的山姥。

老太婆问那人：你是从哪里来的？那人说是远野町来的。

“那，某某町的某某还健在吗？”

老太婆问了这样的事。那人感到讶异而细问，老太婆说：

“我本来是那个人的妻子。有一天我被山男抓走，后来就一直住在这里。你回镇上后，告诉某某说你在某某地方遇到这样一个老太婆。我想在死前再见一次丈夫和孩子，哪怕只是远远地看上一眼也好。”

男人回到镇上，说出这件事。虽然不知道老太婆的丈夫是否还健在，但相当于她儿子的人听见这事，跑到千磐岳去寻母。

他带了很多人，找遍整座山，却不知为何，那个山姥就是没有现身。

一百一十

远野的富豪村兵家不种小黄瓜。

许久以前。

村兵家养马的分家有个美丽的媳妇。

某一天，媳妇去后方田地采小黄瓜，结果就这么失踪了。村人敲锣打鼓，大肆寻找，却毫无所获。

一段时间后，上乡村旗屋一个叫阿缝的猎人到六角牛山去打猎。

阿缝在山中徘徊，寻找猎物，然后下去溪谷一带。

结果。

他看见溪谷前方有个女人在洗衣。那模样似曾相识，他定睛细看，发现似乎是前些年失踪的村兵分家的媳妇。

阿缝走近搭讪。

那果真是分家的媳妇。

女人说明：

“我去采小黄瓜的时候，被山男抓走了，后来就一直住在这里。”

阿缝说，你一定遭受到很大的惊吓跟苦难，结果女人回答：

“我现在的丈夫待我很好，是个好心人。只是他非常善嫉，唯有这一点，令人痛苦。”

她说那个善嫉的山男现在去气仙沼的海边买鱼，不在。

“但是以他的脚程，到气仙沼不用半刻的路程，应该就快回来了。万一被他撞见，绝不会有好下场，你也快离开吧。还有，请替我转达村兵家的父母，说我虽然身在深山，但平安无事。”

女人这么拜托阿缝。

就这样，村兵家的人得知了真相。

从此以后，村兵家再也不种小黄瓜了。

九十六

贞任山在过去有个独眼独脚的怪物。

是名猎人旗屋阿缝出马，将怪物消灭了。

据说当时的贞任山一带是一片深邃的森林。

后来矿山逐渐开发，那片森林也被砍伐得差不多了。

二百二十一

据传旗屋阿缝是当地首屈一指的狩猎高手。

这个响当当的猎人留下了几个打猎的咒法。

比方说，不管再怎么短的绳头都行，只要拿起来拉直，诵道：

“一寻（*译注：寻是用来测量绳索、水深等的度量单位，为双手张开的长度，约六尺[一点八米]*）二寻三寻半。”

再挂到树上，魔物就绝对无法靠近。

一百八十五

旗屋阿缝到早池峰山打猎。

他搭了临时小屋过夜，这时冒出一个巨大的青和尚（*译注：青入道，或称青坊主，日本的妖怪。流传于日本各地的形象不一，多半为体形硕大的和尚外形*）妖怪。

阿缝是个赫赫有名的狩猎高手，同时艺高人胆大，因此并未不明就里地害怕，也未仓皇逃走，而是处之泰然。

结果青和尚对阿缝提议说：

“咱们来较量谁聪明。”

阿缝说好。

然后他先问青和尚：

“你能变小吗？”

青和尚说当然。阿缝说：

“那就尽你所能地变小来看看。”

结果青和尚一眨眼就缩小了。

当青和尚缩小到豆粒大小的时候，阿缝一把捏起它，扔进腰间的打火匣里了。

隔天早上打开打火匣一看，里面装了只小小的青蜘蛛。

二百二十二

小国村小字新田有个叫金助的人。金助家的祖先里有个知名的猎人（*译注：原文旁音为“マタギ”[matagi]，特指东北地方及北海道以古法狩猎的猎人集团。汉字或作“叉鬼”*）。

有一次。

那个名猎人到白见山的富人屋地区去打猎，碰到一名老翁。

那名老翁说：

“你再继续当猎人，山里的生物都要遭殃，会被你猎光。你可以别再打猎了吗？这个送给你作为补偿。”

然后给了他一样宝物。后来金助就停止了打猎。现在金助家的人也都没有猎枪。

那一带全是山村，没什么可耕作的土地，几乎所有的人都以狩猎为主要生计。虽然不知道那样宝物是什么，但既然能让他停止打猎，应该有极深的理由。

十三月——阴历十三

二百七十三

远野乡一年之间的各种活动，都依照旧历举行。

辞岁的仪式，从十一月十五日的“立新木”（*译注：原文为“タテキタテ”[tatekitate]，无汉字*）开始，一直到二月九日的“开弓箭”，中间有形形色色的活动，是一年之中活动最多的时期。

家家户户供奉给正月来访的大年神的饭，叫“御灵饭”，这饭不能用普通的柴薪来烹煮。煮御灵饭时，必须到山里砍来全新的木柴。

十一月十五日，是砍这木柴的日子。

这天砍来的木头，在傍晚前要先竖立着。然后用新柴造弓箭，绑在木头上，对着南方，以证明这块木头是神圣的，并且祈祷不会被鸟所污秽。

这就是立新木。

二百七十五

十二月从一日到三十日之间，几乎每一天都有各种神佛的除岁活动。不过只有斋子才会祭祀全部的神明。

在一般人家，只庆祝下列日子：

首先五日是御田神，八日是药师神，九日是稻荷神，十日是大黑神，十二日是山神，十四日是阿弥陀佛，十五日是若惠比寿，十七日是观音菩萨，二十日是黄鼠狼——陆地神，二十三日是工匠之神——圣德太子，二十四日是气仙的地藏神，二十五日是文殊菩萨，二十八日是不动明王，二十九日是御苍前神（*译注：苍前神是日本东北至关东、中部地方信仰的马神，也称为胜善或相染*），为这些神明进行除岁等活动。

而人是在三十日除岁。

二百七十六

十二月十日的大黑神除岁，会在神前供奉白萝卜叶。

传说是这样的：

有一次大黑神因为吃了太多年糕，就快撑死了。

母神叫他快点吃生白萝卜，但不巧没有白萝卜。

因此大黑神四处询问有没有白萝卜，这时看见河边有个婢女在洗白萝卜。大黑神请婢女给他一根，但婢女回答：

“这些白萝卜是主人一根一根数过才交给我的，我不能给你。”

大黑神失望极了，婢女见状说：

“请放心，这里还有白萝卜叶。”

然后折下白萝卜叶给大黑神。

据说大黑神因为白萝卜叶而保住了一命。

因为这样的传说，人们开始供奉白萝卜叶给大黑神。

二百七十四

十二月二十三日会煮红豆粥，用胡枝子做成的筷子食用。

这叫作大师粥。

传说用吃过大师粥的筷子在灰膳上习字，字就会写得漂亮。

灰膳是撒上灰并摇晃匀平的膳台。

此外，这天还要制作家人人数的糯米团子。

其中一颗团子里面会塞入钱币。

吃到有钱币的团子的人会很开心，因为这表示明年将会交好运，大富大贵。

大师粥的大师指的是谁，详情不明。传说原本是一个有许多孩子、在暴风雪中过世的人。

二百七十七

正月初三叫“初不祥”，被视为凶日。

意思好像是这天不管做什么都不会有好结果。因此远野一带都说不管是年初拜年，或是巡访寺社，都要在初一和初二就结束，初三最好什么事都不要做。

其他的年节活动与其他地方没什么不同。七草粥（*译注：正月初七，日本人会以七种植物的嫩叶煮成羹食用，据信可祛百病*）等的做法，大致上也都一样。在砧板上切七草时唱的歌是：

“唐土之虎、乡下之虎，在它们到来之前，要煮什么粥？煮七草粥。”

二百七十八

从前，远野镇上有在正月十一日买盐的习俗。

在这天买盐，以及买来的盐，叫作“与作盐”，据说每一家都会买。即使家中盐很充足，还是会买一点。不拘多少，各家一定都会买。

从前有个叫与作的盐贩子。他没有店面，是巡回各村兜售盐巴的行商。

某年正月十一日，与作到远野来卖盐。许多人家都买了，而买了盐的人家都惊奇且开心。因为这天向与作买来的盐里竟掺了黄金。不论买了多少，每一家的盐都有黄金。

因为这件吉利的事，形成了在这天买盐巴的习惯。

二百七十九

小正月是女人的除岁日。

这天也是家中各种道具过年的日子。所以借出去的东西都要收回来，全部放在家里，并且供上年糕。

供奉给自在钩（*译注：在灶上或地炉上吊挂锅子的钩子，因可自由伸缩长度，故叫作自在钩*）的年糕叫键鼻神饼。据说只要家里的人在夜里吃了这年糕，就能身强力壮。

仓库和储藏室的老鼠，也要为它们供上年糕。这叫作嫁子饼，各供上两块。

另外，也会供奉年糕给狼。

将切成一块块的年糕用稻草束包起来，绑在山脚下的树枝等处。

这叫作狼饼。此外还有狐狸饼等。

二百八十

小正月的活动中，有叫作“呼鸦”的。

将切成小块的年糕放进木量斗，趁着还有天光的时候，叫孩子们拿着去喊乌鸦。

村中各处都可以听到孩子们的歌声：

乌鸦来呵

给你红豆年糕吃

快来呵

鸦群就会不知从何处飞来。

那景象就好像乌鸦也知道这一天，等着听到呼唤一样。

二百八十二

小正月会挂上“八稻草人”（译注：原文作“ヤツカカシ”[*yatsukakashi*]，无汉字）。

这是一种驱魔仪式，叫作封窗。

将嫩栗枝裁成五寸长，穿上切成小块的年糕、鱼、昆布，等等，再插在房屋的入口或窗户等处。

二百八十三

小正月也会做一种叫“拖海鼠”的活动。

用绳索绑住马鞋（*译注：以稻草、皮革或和纸制成，保护马蹄的鞋子*）拖曳，在房屋周围还有屋内缓步前进，并一边大喊：

“海鼠大王驾到，田鼠大王换领土！”

这是驱逐田鼠的咒法。

二百八十七

小正月的活动里，“稼鸟”（*译注：原文作“カセギドリ”[kasegidori]，无汉字。形态与东北地方的奇祭“加势鸟”[kasedori] 相似*）活动是最为粗暴的。

这是模仿鸡的活动。

不是各家举办，而是整个地区的活动，因此需要全村讨论决定。依照商议结果，每户派出一名年轻人，依聚落编成总共二三十名的小组。

年轻人肩部绑上用稻草做成的蓑衣“奇态”（*译注：原文作“ケンダイ”[kendai]，无汉字。语源不明*），头戴白色斗笠，各个手持棒子。棒子前端或中间绑上稻草段。

各组人马打扮成这种模样，攻入村中的富裕人家，索求年糕。而且不会在自己的聚落行动，一定要攻打别村。同时他们还会另设迎击小队防备，以埋伏其他村子的稼鸟。

稼鸟首先攻向邻村的代表性富家，所有的人一起在屋檐下弯腰，模仿鸡的动作，然后将带来的五升大量斗掷入屋子里。

规矩中，被掷入量斗的人家，必须装满年糕后再端出来。但这时要用镰刀割下量斗一角再归还。这叫作“割量斗”。

不过稼鸟无法轻易得到拿出来的年糕。

因为遭攻打的富家所在的村子年轻人，会用浅盆装水泼稼鸟的头，不让他们得逞。

以泼水为信号，打斗开始。

就这样不断地重复，赚取年糕（*译注：日文中的赚取[稼ぐ，kasegu]，可能就是稼鸟的语源*）。

此外，当不同聚落的稼鸟在街上狭路相逢，也会发生打斗。

碰上的时候，双方要先弯腰模仿鸡的动作，然后再开打。打赢的话，就可以抢走输的一方得到的全部年糕。

听说现在因为警察会管制，所以没有过去那么热闹了。

二百八十四

同样在小正月这天，会进行打果树的活动，祈求结果丰收。在远野地方，把这称为“持切”（*译注：原文作“モチキリ”[mochikiri]，无汉字*）。

首先，一个人用斧头敲打院子里的树干，说：

“不结好果子，就把你砍掉。”

另一个人则应答：“我一定会结出好果子，请高抬贵手。”

二百八十五

立瓠的仪式，是在栗树枝插上削细的胡桃嫩枝，绑上马鞋等吊挂起来。

这是用来祈祷当年的瓠瓜和南瓜丰收的。

这也是小正月的活动之一。

二百八十一

小正月到了向晚时分，当夕阳将雪景染得一片艳红时，家家户户就会开始进行“弥六郎”（*译注：原文作“ヤロクロ”[yarokuro]，无汉字*）仪式。

该户家长拿着装了豆壳、荞麦壳等的量斗，一边撒，一边从玄关到大门口往返三次。

这时要高声唱着：

弥六郎飞来了，金钱财宝也飞来了。

是有马的大人吗？还是有牛的大人？

豆壳热腾腾，荞麦壳也热腾腾。

据说“弥六郎”指的是一个叫远野弥六郎的诸侯。这名诸侯被命令更换领地，从八户迁到远野时，当地人民为了庆祝新主公到任，举行仪式，遂流传下来。

二百七十一

小正月的夜晚，人们会在葫芦里放小刀，一边“咔啦咔啦”地

摇着，一边访问各家。这叫作“斫纳莫米”或“斫火斑”（*译注：原文分别是“ナモミタクリ”[namomitakuri]、“ヒカタタクリ”[hikatatakuri]。纳莫米即火斑的方言*）。

斫（*译注：原文作“タクリ”[takuri]*）是方言，剥下的意思。

一整年都坐在火炉边烤火，懒得工作的人，两边的小腿会烘烤出紫色的火斑来。他们就是要找上门来，用小刀剥下这些懒鬼的证明。

人们来到门口，唤道：

“斫火斑，斫火斑。”

屋内的人就会应说：

“看，斫纳莫米来了。”

然后要女儿们端出年糕赔罪忏悔。家里有宝贝女儿的人家，会更恭敬地赔罪。因为有时候斫纳莫米会特别盯上那样的女孩，斫她们的皮。

二百八十六

小正月的活动非常多，除了与福神有关的仪式及斫纳莫米以外，还有插秧、播种、春驹等仪式。

插秧是女孩们手持松叶，在雪地上模仿种稻的动作，并挨家挨户领年糕。

播种是以锄头将积雪堆出田埂，唱道：

哟哎呀啦、哎呀嗳

四处领年糕。

春驹是摇铃拜访各家，分发画有马的白纸。一样会领到年糕。

二百八十八

插秧舞也在小正月进行。

这是地区活动，因此经全村讨论后，从每一户推派人手。

这天夜晚，男女齐聚舞蹈，然后将斗笠放置于一处。

插秧舞中使用的斗笠，要一直保留到二月九日。

二百八十九

小正月的隔天一月十六日，会进行赶鸟仪式，叫作夜鸟（**译注：**

原文作“ヨンドリ”[yondori]，无汉字。原文后面还有一句“也叫‘ヨウドリ’[youdori]”）。

在天亮前起床，一边敲打木板，一边在屋子周围绕行三圈。大部分都是用木棒敲打膳台底部巡绕，唱着这样的歌：

夜鸟哟，朝鸟哟，夜半吉时，没有半只鸟，哟哟。

这首歌还有不同的版本：

夜鸟哟，朝鸟哟，太坏的鸟要敲破头沾盐巴，
放进笼子里，赶去虾夷岛，哟哟。

二百九十

一月二十日会进行“二十日炙”（*译注：原文疑错字，应是“ヤイトヤキ”[yaitoyaki]，无汉字*），或是“熏夜蚊”（*译注：原文作“ヨガカユブシ”[yogakayubushi]，无汉字*）的仪式。

人们拿着一束松叶在全村行走，点火后用烟熏彼此的身体。这样可以让人们到了夏天，也不会被蚊虫或蛇所叮咬。

不要输给夜蚊蚋，不要输给蛇蜈蚣。

人们这么唱着，自由进入每户人家，用烟熏彼此。连自在钩都会熏，表示不仅是停留在玄关口，甚至还会进入到地炉边。

二百九十一

一月二十日也是麻的庆典。

这天视个子矮小的女人早晨来访为禁忌。

万一来了的话，就要熏松叶来去邪。

二百九十二

正月晦日是马的除岁。

将年糕切成四十八小块，放入稻草包里，吊在家中。

等到隔月九日再拿出来食用。二月九日是开弓箭的仪式，这天也要将插秧舞后收起来的斗笠破坏掉。

如此一来，正月的仪式就全数结束了。

二百九十三

在远野地方，三月三日的节日，孩子们会聚在一起，进行“釜子烧”（*译注：原文作“カマコヤキ”[kamakoyaki]，无汉字*）的活动。

孩子们都很期待这个仪式，更胜女儿节（*译注：三月三日是日本的女儿节*），小正月一过，就连上下学途中，也都在谈论釜子烧的事。

首先，五六名到十七八名孩童编成一组。

然后在三日之前，先到河边等地方挑选一个适合的地点，盖好自己的炉灶。这时最重要的是选到一个好地点。

到了三日当天，孩子们一早就到自己的炉灶集合。

这时会各自从家中带来各种食材。

除了每个人带三合（*译注：容赟单位，一合约零点一八升*）米以外，还会分配带来味噌、鸡蛋等食材及碗盘等。

其中红鱼、花蛤被视为不可或缺的食材。

炊事由十三四岁为首的女孩子负责。男孩负责捡木柴和汲水。

然后从早上到下午，不停地享用户外美食。

这非常有趣。

但光是这样孩子们还不满足。他们玩耍的力气多到用不尽。

他们有时会跑去别人的炉灶捣乱，也就是出其不意地攻击别人的炉灶。他们会扭打成一团，击败对方，占领炉灶，吃掉别人的食物。

不过因为已经吃得够饱了，别人的食物也吃得差不多了，所以就算打赢，其实也吃不了什么。

佐佐木喜善年幼的时候，孩子王田尻长九郎攻击了隔壁聚落的炉灶。据说当时长九郎一个人吃掉了十三块红鱼、三升清汤和一锅饭。

不过吃是吃了，但吃下这么多，长久郎也动弹不得，爬到河边去，把吃下肚的东西全吐了出来。这件事成为笑柄，代代流传。

对远野出身的人来说，是留下许多回忆的活动。

听说最近已经不太会去别人的炉灶捣乱了。

二百九十四

三月三日会射靶、拍毽子、放风筝，等等。

节日前的镇上市集，各家店铺都会陈列起装饰着雉鸡羽毛的华丽红白弓箭，以及绘有古代传说勇士英姿的风筝。

二百九十五

供奉给女儿神的糕饼，是菱形的艾草饼。

其他还会制作用“扑粉”（*译注：原文作“ハタキモノ”[hatakimono]，意为拿来扑、拍的东西*）染成青色、红色、黄色的带馅团子。这些团子会做成兔子或各种果实的形状。由适婚年龄的女孩、母亲及姑姑阿姨等妇人全部出动制作。

会依各人喜好，做成松果、辣椒、茄子等造型。

二百九十六

五月五日的节日会制作芒草粿。

芒草粿是割下芒草的嫩叶，包起刚捣好的糯米制成。据说趁着糯米还湿润的时候食用，芒草的香气有着难以形容的风味。

这芒草粿有它的由来。

从前，某个地方住着一对鹣鲽情深的夫妻。

妻子擅长织布。丈夫带着妻子织好的布到远地去兜售，好几天都没有回来。

几个住在附近的年轻人趁着丈夫不在家，跑来偷看妻子织布，甚至闯入屋内调戏妻子，恶作剧不休。

妻子不堪其扰，跳入屋前的河里自尽了。

这时刚好丈夫从旅途中归来了。

丈夫看见妻子的死状，悲痛不已，抱着尸首，日夜不停地哭泣。

不管再怎么哭，泪水都流不尽，最后丈夫用芒草的叶子包住妻子的肉带回家，做成粿吃掉了。

据说这就是在五月的节日制作芒草粿的由来。

这是去年五月五日，佐佐木喜善的老母亲告诉孙子们的故事。佐佐木听到以后记了下来。

二百九十七

据说在六月一日前往桑树底下，人就会像蛇一样脱皮蜕变。

唯独这一天，就算是小孩子，也绝对不会跑去摘桑葚。

二百九十八

六月一日并有“系马子”的仪式。

用稻草编成两头马，在嘴巴的地方涂色，就好像咬着一块鸡蛋形的年糕。这种年糕叫作“粢”，是以泡过水的米捣成，用来献神。

然后趁早送出这马。将它们分别送到河边洗涤处旁的树枝，或水田的水口、产土神（*译注：即当地的土地神*）的神社。

现在已经不做稻草马了。

人们把一张和纸裁成六条横长形，再用雕刻了马匹图案的木板分别在纸上捺上两头马。嘴巴的部分一样衔着粢。

然后送到同样的地方。

二百九十九

据说七月七日一定要吃粗挂面。

这也有由来。

它的来历，是芒草粿起源的后续。

据说丈夫将妻子的尸肉做成粿吃掉以后，只留下筋的部分，在七月七日当成挂面一样吃掉。这便是它的由来，现在人们也在这天吃粗挂面。

九十五

爬山的时候，有时会看到一些树的枝干分开成两边，却又纠结在一起成长。

这是山神在计算山中树木时的印记。

据说山神会在最后十二天计算自己领域内生长的树木数量。

这里的最后指的是十二月，应该是要确认这一年枯掉的树木，以及新生树木的增减。一棵棵计算，然后将最后一棵树拧起，作为总共有几万几千棵的印记。

所以最后十二天，村人禁止上山。

因为万一被当成山中树木之一算进去就不得了了。

二百七十二

春秋刮大风的日子，有时人们会将葫芦和镰刀一起绑在长竿子顶端，插在屋檐下。

这是让风静下来的咒法。

此外，据说这样做也能避风。

待宵月——阴历十四

七

小友村的荒谷以前叫作会矢。

从前。

八幡太郎（*译注：即源义家[一〇三九－一一〇六]，八幡太郎为号。平安后期的武将，奠定源氏在东国的势力基础。为开启镰仓幕府的源赖朝、开启室町幕府的足利尊氏之祖，故被后世视为英雄*）从西种山的瞭望台射箭。

同一时刻，安倍贞任（*译注：安倍贞任[一〇一九－一〇六二]，平安时代后期的陆奥豪族，安倍家栋梁，与源氏争战，战死于厨川栅。为军记故事、歌舞伎中的要角*）也从东种山射箭。

双方都是彪躯虎体的豪杰。

两人射出来的箭劲势极猛，就在荒谷的上空撞个正着，一同坠落。据说落下的箭把那里的大岩石劈成了两半。

因为是两箭交会之处，从此那里便叫会矢。

另外，当时裂开的岩石现在仍留在原处，可以看到。

那就是高稻荷山的巨岩“割石”。

十八

栗桥村的小字早栃有棵不结果的小柿子树。

从前。

时值源平合战（*译注：十二世纪后期，平安时期末年，掌权的平氏政权与各地以源氏为中心的反叛势力之间的一连串战事*），许多人战死了。据说早栃也陈尸遍野。当地人埋葬这些尸首，造了墓冢，诚心予以安葬。

种在这座冢上的就是那棵柿子树。

那棵柿子树即使开花，也不会结果。

据说是战死者的冤魂让它无法结果的。

十七

小友村小字鹰巢的深山里，溪谷中的款冬叶子上都有小洞。

从前。

某处的贵家小姐逃到此地，躲在鹰巢山里。似乎是遭到不中意的男人强行求婚，为了逃避而隐身山林。没多久，爱慕小姐的男子便率领家臣追赶上来。一行人循着小姐的踪迹找到小友村，进入山中，也搜寻了溪谷。

他们没有找到小姐。失望的男人对着家臣唏嘘不已：

“我的心愿就没办法实现吗？”

家臣都很同情主人，但似乎也为他的执着目瞪口呆，答道：

“唯有这事，不可强求。就以那里的款冬叶聊以慰藉吧。”

故事没有提到后来怎么了，但据说从此以后，那座溪谷的款冬叶都会开个小洞。现今依然如此。

十

绫织村小字山口的出羽神社俗称羽黑大人。

羽黑大人的神体是一座人称“尖岩”的大岩石，名副其实，前端尖细，十分高耸。这座岩石的附近有棵松树，有个典故，说是坂上田村麻吕用箭射过的，因此叫“矢立松”。

传说这尖岩和矢立松以前曾经较量过谁长得快。双方彼此竞争，愈长愈高，天狗见状说：

“不过就是块石头，居然敢跟树木比高，胡来！”

并用木屐踹了石头的头，弄缺了一块，因此尖岩的顶端少了一块。另一种说法是石头比输了，很不甘心，气到裂成了两半。

矢立松在前些年，被从事山林矿业的人砍倒了。

当时在树干里发现了多达八十根的铁箭镞。

这些箭镞现在仍保存在光明寺。

八

这是土渊村的菊池长四郎说的。

土渊村有处地方叫离森，是两座并排的小丘，形状、大小都一样。

从前。

一名猎人追捕猎物，来到土渊村一带。恰好遇上日暮，猎人便找了块适合的地方过夜。结果。

地面一下子隆起，形成了两座山。

山急速地成长。但不只是单纯地成长，而是一边变高，另一边也不服输地变高，就好像在比身高一样，竞相拔高。彼此竞争的两座山，在天亮之后停止了成长。

据说那两座山就是离森。

九

土渊村山口高室有座山叫作二石。

那座小山名副其实，山顶上有两块大岩石并排。

远远地看去，岩石好像并排在一起，但靠近一看，中间有着一寻左右的空隙。

这里禁止男女一起穿过岩石之间。至于为什么不可以、一起穿过去会怎么样，没有人知道。

此外，传说到了半夜，两块岩石便会彼此吸引，紧紧依偎在一起。

因此当地人称这两块岩石为夫妇岩。

十一

绫织村小字山口有叫作续石的石头。

那是两块并排、约六尺宽的石头，以它们为支撑，上面横放了一块宽一间半、长达五间的大石头。底下的石头叫“台石”，上面的大石头叫“笠石”。很像最近的考古学家说的“支石墓”（*译注：新石器时代至初期铁器时代，分布于世界各地的巨石墓*），就像鸟居（*译注：立于神社参道入*

口的牌坊，显示神域）一样，人可以从底下钻过去。

传说这续石是武藏坊弁庆（译注：弁庆［？－一一八九］，平安末期、镰仓初期的僧侣，人称武藏坊，极武勇，追随源义经）弄的。传说中没有提到为何弁庆要做这样的东西，但制作时的情形倒是有详细流传。弁庆为了完成它，先抬起笠石，暂时搁到别的石头上。结果被放置的石头说：

“我是地位不凡的石头，然而却得一辈子、永生永世为别的石头垫底，教人情何以堪！”

然后哭了一整晚。

弁庆想，既然石头这么不情愿，就用别的石头当台子吧，便踏住笠石，把它抬起来搬到现在的台石那里摆上去。

笠石上的凹洞，就是弁庆的脚印。

一开始被摆放笠石的石头被取名叫“泣石”，现在依然淌着泪般的水滴，站在续石旁边。

十二

石神山的边坡，绫部村小字砂子泽，有块叫姥子石的岩石。

在过去，石神山是禁止女人上山的。

有一次，一名巫女造访此地，想要进入石神山。村里的人都制止她，但她不听劝，说：

“我是访神之人，因此即使这座山禁止女人入内，也于我无妨。”

巫女不理会村人制止，骑着牛，上石神山去了。

瞬间，天色骤然昏暗，突然兴起狂风暴雨。

巫女和牛只一眨眼就被风刮走，高高在天空盘旋，不久后落下，化成了姥子石。

姥子石旁边，也有叫作牛石的石头。

十四

绫织村的驹形神社境内，有块叫作龙石的岩石。

高约四尺，是褐色的天然岩石。

从前，村人从某处把这块石头拖了过来。应该是预备用于某些用途。然而前面拖得很顺利，到了此地，石头却一动也不动了。不管是用推的还是用拉的，石头都纹丝不动。从此以后，石头就一直留在那里。

到这里都还只是一块古怪的石头，但有一次，一名博学的旅人经过，听到这件事，说务必要看看。村人带他去看，博学之士断言：

“这是所谓的龙石。”

然后详细指出何处是眼睛、鼻子、嘴巴、耳朵、头、胴体，将原本单纯的石头说成了一块龙形的石头。被这么一说，确实看起来就是条龙，村人也认为他说的没错，从此以后，便称它为龙石了。

六

从前。

桥野的太田林住着一对母子。

母亲早已年过六旬，都没办法工作，因此靠儿子一个人勉强奉养。然而这个儿子被征召去大阪参战了。

村子里的人想，老太婆唯一的依靠走了，孤苦无依，生活一定陷入困难。赚钱的人不在了，应该连吃饭都成问题。村里的人很担心，偶尔会去拜访照料。

然而不管经过多久，粮食都没有吃尽的样子。就算家中有再多的存粮，这未免也太古怪了。有一次，觉得奇怪的村人前去探望。

那人悄悄探头一看——

发现老太婆居然挖掘屋内的夯土地，正在吃土。

那块土地现在也叫作“婆喰地”，这就是它的由来。

一百三十一

远野近郊有非常多大宅的遗迹，有着金鸡、漆万杯等不可思议的宝物传说。光是土渊一村就有许多。

小字角城的角城馆、下栃内的八幡泽馆等，都流传着挖掘松树根而找到壶、放出去的马马蹄沾上朱漆回来等的传说。

传说小字琴畑深处的富人屋一区，长着一棵五叶的溲疏，树底下埋藏着宝物。

小字山口的梵字泽馆据说也埋藏着宝物，但不知道确切的位置。不过堺木的乙藏爷逝世前不久曾说：

“只有我知道宝物埋在哪里。我已经不久于人世了，想把这个秘密告诉可信任的人。”

但乙藏还来不及告诉任何人就过世了。

一百三十

上乡村大字佐比内有一座山丘叫太田馆。

顾名思义，那里以前有一幢大宅。传说中，过去住着一位叫石田宗晴的诸侯，但遭人从气仙攻打而灭亡。

馆即将被攻陷的前一刻，馆主跨上白马，跳入山丘下一处叫丸井户的沼泽自尽了。当时馆主的护手套上别着一个千手观音，那观音像也一同沉没，因此一直沉在沼泽底部。

日俄战争爆发之际，这名诸侯的后裔太田初吉也被征兵了。出征前，他向神佛祈求平安归来，巫女传达神谕说：

“丸井户一带以前是沼泽，沼泽底部埋藏着观音和大黑天。挖掘沼泽遗迹，取出它们，再上战场吧。”

因此太田借助村人之力，挖掘了沼泽的遗迹。

结果没有找到大黑天，但成功挖出了观音像。

沼泽里埋藏着非常小的观音像，只有约八分（译注：分为长度单位，一分约为零点三厘米）高。

据说它就是现在泽口观音堂的本尊。

一百三十二

传说上乡村大字佐比内的笹久保这个地方，以前住着一位女富翁。

笹久保一带有一处叫稻荷渊的深潭，旁边有块叫作“狩户石”（译注：原文作“かると石”[karuto-ishi]，无汉字）的大石头，据说这块石头是从前那名女富翁家的石臼上，用来压着固定的石头。

三十六

上乡村小字细越一带，好像有一座森林叫作“鸟海”（*译注：原文作“トンノミ”[tonnomi]，无汉字*）。据说这座森林里有一处古池。

已故的伊能嘉矩先生经常谈起这座池塘的事。先生将这座池塘的汉字定为“鸟海”二字。

这座森林自古以来便禁止进入。尤其是那座古池，更是不可以靠近。

有人不信禁忌，闯入森林，结果——

森林深处出现一个身穿朝服，骑着灰马的贵人。那人还来不及诧异是什么人，一下子就被扔出森林去了。

回过神时，他人趴倒在远方的田地里。

现在已经不会有这种事了。

一百二十一

这是土渊村的铁藏说的。

早池峰山靠小国村那一侧，有一处叫作大麻座（*译注：原文为“タイマグラ”[taimagura]，据传为阿伊努语，意为“通往森林深处之路”，为战后开拓之地。汉字做“大麻座”或“大麻仓”*）的溪谷。据说这处溪谷总是发生一些不可思议的事。

大麻座这里，中间夹着河谷，两旁并排着许多像是人类居处的地方，以石板矮墙围绕。形状近似圆形，宽约二间见方，还有约三尺宽的入口。人们都说，以前应该有人居住在这里。现在就像遗迹，当然没有人，但据说即使到了现在，还是会听到不知道从何处传来的鸡啼。

下村一个男人到这座溪谷钓嘉鱼的时候，看到深山的岩洞里有个红脸老翁和年轻姑娘。两人都穿着陌生的衣物，是异人。

说出这件事的铁藏，本身也在近十年前听到过鸡啼声。

他一边钓鱼，一边竖耳聆听，明确地听到近处传来高亢的鸡啼。

一百二十二

这处大麻座的河川上游，有处巨岩形成的绝壁，据说以前是安倍贞任藏身隐居的地点，也叫作安倍城。

从底下看上去，感觉很快就可以走到，但实际上极为险峻，岩石也十分陡峭，除非知道特别的路径，否则难以抵达。现在几乎没有人知道那特别的路径，在小国村，也只有一位老人家知道。

土渊村的友藏曾经由这位老人家带领前往安倍城。当时也是，城看起来就在附近，却怎么也走不到。开始爬之后，花了快半天才总算抵达了。

安倍城里排列大岩石建造房间，有传说贞任用过的石锅、木碗、菜刀和石棒等。在过去，下雨的日子这里的城门关上的声音会传到远方的村落去，但现在那门好像已经不见了。据说距离岩壁五六间远的下方处，倒落着一块像石门的大岩石。

人们都说，应该是前些年大暴风来袭时被吹落的。

一百二十四

远野的各个村落，到处都有孩子们害怕而不敢靠近的地点。

土渊村的龙之森也是其中一处。

这座森林在白天也一片幽暗，阴森无比。

森林里生长着几棵极古老的七叶树，以栅栏围绕，根部的泥土插着无数铁箭镞。箭镞很古老，许多都锈迹斑斑。

森林里还有一条小河。

传说以前这条小河可以捕到类似嘉鱼的红鱼，但捕鱼的人遭到了天谴。只要是这座森林里的生物，即便是蛇、虫之类，也绝对不能捕杀。花草也绝不能摘采。

人们也尽量不经过森林。因必要而非经过不可时，必须先向七叶树的方向膜拜，经过时务求小心不触犯神明。

有年轻人说在森林看到前些年过世的村中女人，模样就和生前一模一样。

南泽一个老人在深夜时分经过这座森林旁边时，看见两个穿着打扮陌生的姑娘神情茫然地站在森林里。

龙之森是个“魔境”。

这样的魔境有好几处。

光是土渊村，就有熊野之森的沟渠、横道的洞穴、大洞的兼冢，等等。为数不少。

此外，高室有条路叫草路（*译注：原文作“ソウジ”[souji]，无汉字*），也是人们害怕而不敢通行的地方。

一百二十五

小字枥内林崎的宝龙之森也是一处魔境。

这座森林的巨木上有许多极粗大的藤蔓相互交缠，攀附其上。

此外，森林里有祠堂，祭祀着权现的头。但这座祠堂却不知为何，背对鸟居而建。虽然也有人来参拜，但仍是个可怕的地方。有个参拜者说，攀附在巨木上的藤蔓，看起来就像大蛇一样。

佐佐木喜善也在幼少时参拜过。

佐佐木看见祠堂里红色的权现头，吓得哭了出来。他说这件事他到现在都还记得一清二楚。

望月——阴历十五

一

从前。

不知道多久以前的事了。

桥野一个叫古里的地方住着三姊妹。

有一次。

三姊妹依年岁长幼，分别飞到了笛吹岭、和山岭及太田林。

然后她们在各自前往的地点待了下来，成了观音。

为何会变成观音，传说中并没有提及。

只是如此传说。

三十八

遥远的古时。

一位神明从桥野川乘坐石船顺河而下。

神明来到早栃的时候，说：

“啊，我中意这地方。”

便进入河岸山丘里的岩洞。

当地人把这里称为世外桃源，建了祠堂祭祀神明。

神明乘坐的石船现在仍在原处。祠堂附近的两块大岩石就是那艘石船，村人认为不小心坐上去会遭到报应，严厉禁止这么做。

三

天人会到六角牛山游玩。天人的女儿叫天人儿。

从前。

青笹村有七座池塘。某座池塘的池畔有块岩石叫巫女石（*译注：原文作“みこ石”[miko-ishi]，みこ即巫女*）。

有一次，天人儿从六角牛山降临那池塘。天人儿脱下身上的衣裳，放在巫女石上，入池沐浴。

这时一名叫惣助的男子刚好来钓鱼，看见巫女石上的衣裳。因为那衣裳实在太美、太珍稀，惣助不禁被它吸引，轻轻捧起，就这样放进笼子里带回去了。他偷了天人的羽衣。

天人儿不知所措。没有羽衣，就无法升天。别说升天了，赤裸着身体，甚至无法离开水里。天人儿无可奈何，采了厚朴的树叶，遮住裸体，到村子里去寻找羽衣。

离池子不远的地方有户人家。

天人儿先拜访那里，问：

“刚才有个人去那边的池子钓鱼，您知道是哪一户的谁吗？”

那户人家说应该是惣助，并好心告诉天人儿：

“再过去一点，有三户并排的人家，中间就是惣助的家。”

天人儿照着说的前往惣助家，敲了门。

“刚才你是不是从池畔拿走了一件衣裳？如果是的话，请把它还给我。”

天人儿隔着门拜托，惣助打开门回答：

“没错，我看到巫女石上放了一件从未见过的衣裳，便把它带回来了。”

天人儿再次请他归还。惣助看到赤身裸体恳求的美丽姑娘，涌出了邪念。

“你晚了一步。那件衣服——因为太珍奇了，我把它献给主公了。我刚从大宅里回来。”

惣助撒了谎。他舍不得归还了。

天人儿唏嘘不已，哭了起来。

“这样我就无法回天上去了。我该如何是好？”

惣助看到哭泣的天人儿，心生同情，但既然已经撒了谎，也不能再拿出衣裳。天人儿哭了一会儿，抬起泪湿的脸庞，怯怯地说她有事相求。惣助因为内疚，便要她直说无妨。

“可以借给我三人役的田地吗？”

三人役就是三反步，也就是约九百坪的大小。

你要田地做什么？惣助问。

“我要在那里种莲花。我要从莲花采线织布，做出让我再次返回天上的衣裳。”

天人儿回答。惣助应该是出于同情，设法弄到了土地借给天人儿。天人儿又恳求惣助，在巫女石所在的池畔用竹子盖了间小屋，住在那里。

据说青笹村这个地名，就是源自天人儿的竹小屋。

一段时间过去，三人役的田地开满了莲花。天人儿从那些莲花当中抽取丝线。

她严厉嘱咐惣助绝对不可以偷看她织布的样子，然后闭关在竹小屋里，不分昼夜地织起布来。

她一边织布，一边以动听的歌声唱歌。

那歌声不分昼夜，也传入了惣助的耳中。据说那歌声之悦耳动听，令人心荡神驰。有一天，惣助就像被那歌声吸引，迷迷糊糊地离开家，偷偷跑到竹小屋那里。

结果——

还是一样听得到歌声，但情况有些怪异。小屋里传来的只有织布机的梭子声。虽然天人儿禁止他看，但惣助无论如何都想确定一下屋内的状况。

惣助小心不被发现，悄悄偷看屋内。

竹小屋里不见女人的踪影。不在吗？还是看不到而已？总之惣助就是没看见天人儿的人影。

他直觉地想：其实天人儿是在六角牛山织布。

为何会觉得是六角牛，惣助也说不上来。不过天人儿不在这里，而是在别的地方织布，只是听起来像在这里织布一样而已——不，只是惣助这么认为而已。

惣助回到家，拿出藏匿的天人儿衣裳，不知究竟是何打算，真的拿去献给了主公。

是觉得不能对天人撒谎吗?

主公高兴地收下献上的珍品。

没有多久，天人儿便织成了美丽的布。据说那种布叫作曼陀罗。

惣助以为天人儿会穿上那曼陀罗返回天上，然而意外的是，天人儿居然拜托惣助，把她辛苦织成的曼陀罗也献给主公。惣助不懂天人儿在想什么，但这个提议不错，便照着她说的前往主公那里。

不止一次，居然两次献上世间独一无二的珍品，主公感到罕异并欢喜，说：

“真想看看织出这美丽布匹的女人。”

又说：

“告诉她，只要她开口，什么样的愿望我都满足她。”

惣助转达主公的话，天人儿回答：

“我并没有什么愿望。”

惣助觉得可惜，天人儿便说：

“不过，我想在主公身边服侍他。”

惣助心想既然如此，便立刻带着天人儿去找主公。

天人儿是天人，美若天仙。主公欢喜不已，决定将天人儿留在大宅。但尽管是天人儿主动提出要服侍主公的，她却什么事情都不做。她不仅不工作，甚至茶饭不思。尽管如此，主公还是很珍惜天人儿。虽然主公待她如至宝，天人儿却一天比一天更阴郁消沉了。

没多久，夏天到了。

大宅里依习俗在土用（*译注：土用为立春、立夏、立秋、立冬的前十八天。一般多指夏季的土用*）的日子晾晒物品。

惣助献上的原来的衣裳，也从仓库深处拿出来晾晒，以防虫蛀。

天人儿一看到它，立刻趁隙披上，一眨眼便往六角牛山飞去了。

主公同时失去珍宝与美女，难过不已，日复一日不断地叹息。但不管再怎么悲伤也无济于事，为了死了这条心，主公把剩下来的曼陀罗捐给了寺院。

那寺院便是现在绫织村的光明寺。

据说绫织这个村名，也是源于此。

天女游幸过的七座池塘，后来也日渐淤积成了沼泽，后来不见了。

现在那里只祭祀着叫作沼御前的神明。

四

除了青笹村的故事以外，绫织村也有天女降临、织出美丽布匹的传说。

光明寺现在确实还保存着布片，但据说那不是主公捐献，而是当地织出来的绫罗。

除了光明寺以外，还有别的寺院收藏有传说是天人所织的布匹。

那所寺院收藏的布，据说叫作曼陀罗。

三十九

从前。

早栃有个女人叫阿弁。

有一次，阿弁在住家附近的河里洗白萝卜，发现水底有东西闪闪发亮。她伸手捞起来一看，令人惊讶的是，那是一块金子。

阿弁寻思起来。

这种地方竟然有金子，太奇怪了。不可能是有人遗落，或是放在这里的。那么一定是上游漂过来的。只要沿着这条河往上走，一定会有金山。

阿弁这么想，开始溯河而上寻找金山。来到叫作六黑见山的一带时，不出所料，真的有座金山。

然而有个坏人不晓得是跟踪了阿弁，或是不知怎的打听到这件事，得知了金山的秘密。

坏人想要独占金子，便杀掉了阿弁。

后来不知道怎么了，可能村里的人可怜阿弁，又为了称许她发现金子的功德，将她祭祀为弁天。现在的弁天山就是那座金山。

据说只要有男人爬上弁天山，就一定会下雨。

二十

从前。

栗林村的太田有一棵大杉树。那棵树极高，即使从五里外的笛吹岭山顶也能看见，人们都称它为“一杈现”。

某一年。

因为一些缘故，必须砍倒这棵大树。但用一般斧头或劈柴斧实在不可能砍得断，只能花上好几天，用锯子慢慢地锯。伐木工从早锯到晚，然而一晚过去，树木又会恢复原状，连木屑都不见了。一定是木屑趁着夜里又跑回原处。照这样下去，不管花上多少天，都不可能砍倒树木。村人都束手无策。

结果。

某天晚上，一棵树托梦给村人。

那是叫作濑之木（*译注：即刺楸*）的树。濑之木说：

“每天晚上将锯出来的木屑烧掉，很快就可以把树砍倒了。”

意外得到托梦，人们隔天照做，果真没有几天，就把大杉树砍倒了。

村人大为欣喜。

但是。

森林和山中许多树木都认为：

“是濑之木杀死了同胞权现。”

据说从此以后，树木再也不跟濑之木往来了。

一百三十八

远野的城镇有一户姓宫的人家。

据说这户人家是远野最古老的一家。

传说中，宫家的元祖是远野乡仍是一片广袤湖泊时，乘着鲑鱼翻越气仙口来到此地的。

乘着鲑鱼前来的宫家祖先，在现在与物见山相连的莺崎这处山边定居下来。当时莺崎有两户、爱宕山有一户人家，其他只有若干住在山洞里的人。

一天宫氏的祖先上山打猎，结果一只大鹫飞来，揪住他的后衣领。

祖先穿着鹿皮衣，所以被误认为鹿了吧。大鹫就这样飞向高空，抓着宫氏的祖先往南飞去。

大鹫飞到遥远的南方，停在河畔的大树上休息。宫氏的祖先趁这个机会，用短刀一刀刺死了大鹫。

大鹫掉了下去，宫氏的祖先当然也一起摔落。

掉下去的地方，刚好是悬崖途中一块突出的岩石。

因为极陡，又非常高，既无法向上爬，也无法往下走。

宫氏的祖先心生一计，脱下用树皮纤维做成的衬衣，撕成细条，与死掉的大鹫羽毛搓成一条绳索，然后将一端套在岩石上，顺着那绳索，总算是下到水边了。

但河流湍急，无法渡河。

宫氏正无计可施，这时恰好一群鲑鱼溯河而来。

宫氏的祖先便踏上那鲑鱼的背渡河，成功地踏上了归途。

一百三十九

宫家的祖先住在莺崎的时候。

仓堀家的祖先住在爱宕山上。

有一天，仓堀家的人到洗涤场去洗东西，这时有鲑鱼的皮漂了过来。

仓堀的人见状心想，一定是莺崎出了什么事，立刻做了艘船赶往莺崎，解救了宫家的危机。

由于这样的缘故，宫家子子孙孙永远不吃鲑鱼皮。

一百四十一

宫家有一个绝对不能打开的盒子。

历代祖先都严厉告诫绝不能打开。

据说一打开眼睛就会瞎掉。

但这一代的家长说：

“就算瞎眼也无所谓。”

执意打开了盒子。

盒子里面还有盒子。

再打开，里面还有盒子。

打开共三层的盒子，查看里头装的东西。

竟然只是一块图案像棋盘花纹的布片。

一百四十

这是距今七十年前的事。

远野的后街住着一个叫弘安（译注：原文为“こうあん”[koan]，无汉字）的大夫。

这个大夫有个女儿，据说生得很美。

一天傍晚，女儿在屋檐下看着大马路，忽然消失，就这样下落不明了。人们都说她遭到了神隐。

后来过了几年。

一尾鲑鱼从屋前的小溪跳进弘安大夫家厨房的水槽。

这是件异事，大夫家的人认为这条鲑鱼是遭到神隐的女儿化身。从此以后，该户人家再也不吃鲑鱼了。

一百八十三

土渊村小字栃内的深山，有一处聚落叫琴畑。

有个住在琴畑的人，到小乌濑川上游的水潭去钓河鱼。

那人正在垂钓，这时明明没风，却有东西飘到脸上。似乎是蜘蛛丝，因此他摸了摸脸，把丝抹到一旁的残株上。但蜘蛛丝一而再、再而三地飘到脸上。每回那人都重新把丝抹到残株上。

还有，那天他钓到了很多鱼。

尤其是嘉鱼，不停地上钩。

渐渐地，到了日暮时分。因为嘉鱼仍不停地上钩，那人觉得可惜，但还是起身收拾回家。这时——

抹了许多蜘蛛丝的树木残株突然被连根拔起，遭拖行似的掉进水潭，发出巨大的水声沉了下去。

那人吓了一跳，逃回家去。看看笼中，以为是鱼的东西，竟然全是柳叶。

一百八十四

佐佐木喜善的邻居，有个叫三五助的老人。

那名老人去一处叫御魔多（*译注：原文作“オマダ”[omada]，无汉字*）沼的地方钓鱼。他坐下来垂钓，结果不时有青色的小蜘蛛冒出来，朝老人脸上吐丝。要是蜘蛛在脸上结网就麻烦了，因此老人不停地拂掉，但蜘蛛就是一直来。老人觉得烦，便把沾在脸上的丝抹到旁边的树根上。

结果忽然间，那棵树被连根拔起，掉进沼泽里去了。

此外，据说土渊村的人到小友村四十八瀑布其中一个水潭时，也遇到了一样的蜘蛛丝怪事。

虽然这是民间故事里常见的情节，但对于村子里的人来说，并非单纯的传说故事。人们深信这是真正发生过的事。

六十九

从前。

附马牛村一个男人在旅途中经过一处叫荒编（*译注：原文作“アラミ”[arami]，无汉字*）之国的地方。

此处道路两侧的稻子生得非常漂亮，结实累累，色泽红润，稻穗也沉甸甸地低垂着。男人看得着迷，心想如果带回去当种子，一定能长出很棒的稻子，便折了一穗带回去。

隔年播种到苗床后，长出了一片漂亮的糯稻。

男人很开心，心想可以收获这么多糯稻的话，今年不晓得可以捣出多棒的年糕。插秧以后，每一块田的糯稻都长得青翠健壮。

然而某一天，有人从荒编过来了。那人说：

“这户人家的主人，去年秋天偷了我田里的糯稻穗。这块田是用偷走的稻子播种的。这块田，那块田，全是用偷来的种子种出来的稻子。”

男人内心狼狈不堪，但还是当场否认说没有。但荒编的人不相信。双方争执起来，没完没了，荒编的人说：

“既然如此，就等到今年秋天抽穗的时候吧。只要看到结实的稻穗，就知道是不是从我的田里偷来的了。我要拿它当证据，一定要控告你。”

男人难过极了。虽然当时为了敷衍，否定偷窃，但实际上他的确是偷了。只要看到结实的稻穗，立刻就会真相大白。

因此男人决定向早池峰的神明祈祷。

他登上早池峰，闭关祈祷，全心全意祈求神明解救他。

然后秋天到了。

稻穗结实时，荒编的人依约前来。荒编的人催促男人一起到田地里去检查稻穗。男人无可奈何，战战兢兢地前往田地。因为男人的田里，的确结出了与去年在荒编看到的一样的糯稻。

然而。

田里生长的却是长毛的粳稻。

反倒是男人惊讶了。明明昨天以前都还是糯稻的。

荒编的人细细检查稻穗，尴尬极了，赔罪以后，落荒而逃。

这一切都是早池峰山神的护佑。

男人田里的稻子虽然是粳米，但其实是糯米。

人们称它为“生出糯”。据说现在村子里还有一些这种生出糯的种子。

此外，这件事以后，众人都说早池峰的女神就连小偷都愿意护佑，香火更加兴旺了。

二

从前。

青笹村有个擅长吹笛的男孩。

他是养子。

不知是何缘故，才会被那户人家收养。但没有血缘关系的家人排挤少年，每天虐待他。也许除了那孩子以外，还有别的亲生子女。又或是与血缘无关，那些人天性就是如此。总而言之，少年遭到虐待。

每当寂寞、难受、痛苦的时候，少年就会吹笛。他喜欢吹笛。

被欺凌时，他就吹笛。那笛声听在家人耳里，甚是刺耳。

有一次。

他们命令少年去牧马。

少年照着吩咐，牵着马来到山岭——

这时火焰忽然包围了少年。

是埋伏在该地的继父继母从四面八方放火，意图烧死少年。

他们就那么厌恶少年吗？究竟是有什么样的深仇大恨，才会做出这种事来？

太可怕了。

在熊熊燃烧的火焰中，少年吹起笛子。

他吹着笛子，死在大火中。

据说这就是笛吹岭的由来。

二十七

从前。

有一对盲人夫妻，带着一个叫丹藏的小男孩一起旅行。

就快来到栗桥村早栃的时候，丹藏不小心掉进了河里。

丹藏的父母都是盲人，因此也没发现儿子落水，不停地呼唤：丹藏！丹藏！掉进河里的幼子早已断气，不知情的父母却仍声声呼唤着。不管再怎么叫，都没有回应，终于，两人察觉孩子落水了。

“啊，失去宝贝，我们活着也没有意义了。我们也一起死在这里吧。”

说完后，夫妇俩也一起从桥上跳入水中溺死了。

村里的人深为怜悯，盖了座祠堂祭祀他们。

这座祠堂的神被称为盲神，会保佑眼睛不好的人。现在也有不少人会到祠堂边的水潭掬水清洗眼睛。

五

从远野前往釜石时行经的山岭，叫作仙人岭。

从前。

山岭下方千人泽的金山曾经崩坍，当时一下子死了一千名采金工人。

据说仙人岭的名字就是源自这起事故（*译注：日语中，“千人”与“仙人”同音*）。

上乡村的某寺，便是一个叫近江弥右卫门的人为了超度死于事故的工人而兴建的，因此这并非道听途说。

还有另一种说法，说这座山岭上住着一名仙人。

据说这才是仙人岭名字的由来。

传说中那名仙人极爱菊花。现在偶尔也会难得在山中看到盛开的菊花，据说那就是从前仙人种下的菊花后代。还说发现菊花，采来食用，就可以长命百岁。

也有人说那个仙人现在还活着。

前年，釜石矿山的人去赏花。

当时一行人在山顶的仙人神社前拍了张纪念照。洗出来的照片，人数却多了一个。不管怎么算，就是多了一个人。

大家说是拍到仙人了。

不知道是碰巧拍到的，或是仙人也想要入镜，才混进一行人之中。总之，人们都说仙人还住在山上。

备忘

从前我（柳田）（以下同）所出版的《远野物语》，每一册都有编号。

从第一号开始的几册，记得是送给了口述者佐佐木喜善。

当时也有许多出洋的朋友，并有几位友人即将出国，我打算赠书给他们，便在扉页写上“谨以此书呈献给外国诸人”。石黑忠笃在船上读了此书，写了详尽的评论给我，这封信应该也还保存在某处。因为有些书也送到了外国人手中，因此应该有七八本收藏在海外。

其余约三百本，也几乎都分赠给亲属和知音了。

因此《远野物语》这本书的出版，完全是一种消遣活动，从一开始就没有想过要让它出现在市场上。

世人会言过其实地重视《远野物语》，我想理由就在这里。它是出于消遣而出版的书，数量也少，结果因此受到过高的评价。

这次以增补版的形式将它紧急复刻出版，但动机是一样的。

对于《远野物语》，原本就不时有人要求抄录，因此我本来就在考虑要加以增订，出版第二版。

我请出版社的乡土研究社打出预告，并告知旧书商即将推出增补版的信息。而佐佐木那里，也请他若有更多材料，务必要提供给我。

佐佐木也非常欣喜，有一次将记在手帖中的内容，全部重新誊写到稿纸上带来，一大沓沉甸甸地放到我的书桌上。

读过之后，我深觉有趣。

但故事极多，也有一些内容重复，并掺杂着一些我尚不希望出版的故事。我认为必须经过挑选、分类，并订正、删减字句，等等，才能出版。因此我打算全部重新写过。

但就是这个主意坏了。也许直接修订佐佐木的原稿更快。我连一半都还没有写好，佐佐木就自行出版了《听耳草纸》这本书。他等不及了吧。

这《听耳草纸》是民间传说集。但读过之后，我发现里面收录了两三则我想要采用于《远野物语》第二版的民间传说，并且纳入了若干民间传说以外的口述故事。由于这些先被发表了，我更感错愕，工程也因此中断。

不久后，佐佐木辞世了。

没办法在他生前再次让他开心，至为遗憾。

这部增补版因为这样的经纬，一度挫折，但因为相隔一段岁月，同时出版环境也不同了，因此有人提议是否将二十五年前的《远野物语》直接重版就好？但佐佐木生前为了增补《远野物语》，搜集了许多传说故事，若是不收录进去，可能让故人辛苦采集的资料就此逸散。

因此我决定依照当初的计划，尽量采用不重复的故事，予以付梓。这便是《远野物语拾遗》。

这当中由我执笔改写的约一半，其余的遵循原定方针，偏劳铃木棠三负起删订整理之责。顺序和体裁以《远野物语》为准，同样交由铃木处理。此外，从佐佐木散见于《乡土研究》等杂志的专文报告中，挑选性质类似者纳入。

然而完成后一看，尽管主题相同，却只有原本的《远野物语》文体迥异，作为一本书来看，《远野物语》总显得格格不入，令人甚觉不妥。也觉得索性将原本的《远野物语》也重新改写、分类、编辑，或许更好。

但《远野物语》对我来说，也是一本纪念之作。若是改写，将冲淡它的意义。不仅如此，我认为若是重新修改，人们对旧版无益的推崇将永无了局。为了广为告知世人，其实《远野物语》一书并没有那么大的价值，我认为还是该保留旧版的原型，因此没有更动《远野物语》。

回想起来，《远野物语》甫出版的时候，上面记载的内容全是未知之物，实际上亦有人视我聚焦于此的心态怪异，讥为好事之徒。

但现在时势截然不同了。《远野物语》想要做到的事，已经有人再三挑战，世人也逐渐认识到，它是某种学问的研究对象，至关重要。短短不到四分之一世纪的时间，应当进步的，必然地进步了——就是这么一回事。

与这样的进步相较，我们的书斋生活数十年如一日，依然为了一见一闻的累积而劳苦。这种状况反倒应当引以为耻，并且叹息。

至少若远野的一溪一谷，能够比过去更容易说明就好了。

但先是伊能嘉矩先生谢世，佐佐木又客死异乡，当时的同好离散各方，消息不通，我也不得不放弃去完成从以前就一直酝酿的广远野谭。时代潮流不断前进，我们却反倒追不上那速度，顿挫于此。

如斯境况，显然应视为挫折之例。我认为这丝毫不足以向后人夸耀。

继承我们的少壮学徒，阅读此书之后，毋宁应引以为戒，寻找出更切实的出路。

这亦是我们最大的期盼。

十六夜——阴历十六

二百六十八

青笹村小字糠前与小字善应寺的边境，叫作莲台野。

在过去，年满六十岁的老人，会被抛弃在莲台野这里。

据传，青笹村的莲台野，是青笹村与上乡村，以及土渊村的似田贝、足洗川、石田、土渊等聚落的老人被放逐的地方。

除了青笹村以外，还有许多叫莲台野的地方。每个村子都会各自划定放逐该村老人的莲台野。

土渊村小字高室也有叫作莲台野的地方。传说那里是栃内、山崎、火石、和野、久手、角城、林崎、柏崎、水内、山口、田尻、大洞、丸古立等各聚落抛弃老人的地方。

二百六十七

青笹村的莲台野附近，叫作战争场的地方，据说是从前村子里的臼馆主人与饭丰馆的主人彼此争战的地方。

有时。

夜半会传来军马嘶叫声及人的呐喊声——这些战场上的声音。

二百六十六

青笹村的莲台野，杂木林里有十王堂。

从前，这座祠堂在野火中烧毁了。当时十王像飞出祠堂，躲到附近的枝头避难，但因为火势太强而被烤焦了。

这座祠堂的住持，由就住在附近的佐佐木喜平家的人担任。当村中有人即将过世，这户佐佐木家就会事先收到预兆。

如果即将过世的是男人，夜半就会有人牵马经过莲台野。这时那人会唱山歌，或是传来马的鸣轮（*译注：吊挂在马脖子上，甜甜圈状的金属饰具，会在行走时发出声响*）声响。

如果即将过世的是女人，通过时就会小声吟唱生前唱的歌，或是啜泣，或是高声说话。有个女人过世的时候，传来的是捣臼的声音。

而这些声音动静，会一直持续到战争场那一带，然后停止。

如果夜半有人经过莲台野，喜平家里的人就会谈论：啊，这回谁要走了。

没有多久，就会有个人过世。

二百六十五

俗信参加丧礼，在送葬时跌倒的人，不到三年就会过世，但例外很多。

佐佐木喜善的朋友也在参加葬礼时，因为墓地地面积雪冻结，失足滑倒，但后来三年都过去了，人还很健康。

二百六十四

出殡时如果马嘶鸣，就会连续有家人过世。

这样的实例不少。

出殡时，一定要将马厩的木门关牢，用布巾把马头蒙起来。

即使如此，有时马还是会嘶鸣，如此一来，那户人家一样会有人死。

此外，送葬途中，有时路旁人家的马会嘶鸣，结果也是一样。

丧礼时的马嘶声是奇异的，这声音令人揣想或许马也感受得到死人的气味。

二百七十

家中有人刚过世的人家，必须在盂兰盆期间十三日的傍晚，带着葫芦到墓地去放着。

死者会在盂兰盆期间返家，但当年刚过世的死者不能回家，必须待在墓地看守。因为同情这些死者，所以拿葫芦过去，作为他们的替身，好迎接他们回来。

有些地方则是拿匏瓜去。

一百五十八

前往死者国度的途中有条河，必须过河才能抵达。

虽然不知道那是否就是世人所说的三途河（*译注：日本民间信仰中，隔开人世与彼岸的河。源自中国《十王经》，亦称“葬头河”“三途川”等等。相当于中国民间信仰中的忘川，但无奈何桥可过，必须花钱雇船*），但远野也流传着不少人一度死去，没有渡河又折返，然后复生的事迹。

土渊村的濑川繁治曾在约十年前病倒。他平时就会突然腹痛，失神或是昏厥。那一次，濑川也是失去意识。不仅如此，好像连呼吸都停了。但后来他又复活了，说：

“啊，太惊险了。”

周围的人问他碰上什么可怕的事，他说：

“刚才我匆匆忙忙走在松原街道上，碰到一条河，河上有座大桥，我正要上桥，结果小沼的虎爷手持铁锄头，跟驻在所（*译注：警察最底层组织，设置于郊区、山地、离岛等地区。功能类似派出所，但规模更小*）的巡查两个人一起挡住了去路。他们无论如何都不肯让我过，我无计可施，只好回来了。”

这个年轻人现在已经长得十分健壮。

佐佐木喜善的曾祖父也有一次突然昏迷。

他清醒之后，说他一样碰到了一座桥。

“我走在宽阔的大街上，碰到一座大桥。桥的另一头是宏伟的寺院，有高高的石墙。那石墙的每一个隙缝都露出许多孩子的脸，全盯着我看。”

他的曾祖父如此描述。

一百五十五

前些年，佐佐木喜善朋友的母亲害了病。

家人把她送进医院，但医师弄错了吗啡的剂量，导致她陷入假死状态。晚上九点左右，母亲呼吸停止，四肢也冰冷了，但过了近十小时，竟又奇迹般地恢复了呼吸。是在隔天黎明时分恢复呼吸的。

她谈到那段时间的事。

呼吸停止期间，她好像正在行走。身体倦怠极了，举步维艰，但她觉得前方有美好的地方在等待，所以继续走下去，想要快点到达那里。

“我匆匆忙忙地走过两旁有松树的大路，这时后方传来你们的呼唤声。我觉得你们真是坏人兴致，但呼唤声愈来愈近，最后竟然就在耳畔叫喊。所以我只得无奈地回来了。”

她说她原本极不愿意折返。

她现在依然过得十分健朗。

一百五十六

佐佐木喜善的一个朋友害了重病。

一度呼吸停止，但后来复生了。

这是那个人的经历。

他说他看见一座大门，宛如图画上的龙宫城。

他急忙跑过去，结果疑似守卫的人挡住他的去路，无论怎么样就是不肯让他进门。双方正僵持不下，一部车载着住在附近的女人疾驰而来，畅行无阻地穿过大门进去了。

那人咬牙切齿地看着，这时听见呼叫自己的声音。

他被叫了回去，然后复活了。

后来他才听说，当时车上那个住附近的女人，刚好在那个时刻咽气了。

一百五十七

佐佐木喜善有个姓俵田的朋友。

他接受过高等教育，现在是某校的教授。

这个人从年轻的时候开始，只要生病发烧，都一定会看见美丽的幻影。升上高等学校（*译注：即日本战前的旧制高中*）以后，同样的经历仍持续着，光是记忆所及，就经历过六七次。

首先，会有气体般的东西从远方画着大大的圆，安静而徐缓地靠近过来。然后它会再次变小，最后消失。

接着眼前会出现一条路，延伸到无边无际的远方去。路上铺着类似茅草编织的东西，美得无法形容。

顺着那条路走上一段，就会遇到十岁时过世的母亲。两人一起往前走，来到一处美丽的河岸。那河上架着一座轮环形状的桥。不是透明的，也不是金子或银子打造的，却是一座美丽的桥。

母亲钻进那轮环桥中，往对岸走去。

然后频频向他招手，就像在叫他也一起过河。

但俵田无论怎么样就是过不去。

他想要过去，却怎么也没办法过去。

就在这当中，俵田慢慢地回到现实。

俵田也记得第一次体验到这个幻觉的情况。

当时他还小，从锅仓山的坡道往下跑，结果跌倒了。跌得很惨，结结实实地磕到脑袋，就这样昏了过去。

但是倒地的瞬间。

他在远方看见了图画上的龙宫般美丽的景色。

他拼命地往那里跑，一样碰到一条河，上面架着一座轮环般的桥。这时过世的母亲也在对岸向他招手。他是在家人呼唤下才又醒来的。

这些都是本人所说的。俵田经常向人提起他看到的这些幻影。

一百五十一

这是任职于远野町町公所的职员所说的事。

这个人的伯父曾经害过一场重病，卧病在床好一段时间，就是那时候的事。

那天晚上，那人从公所回家，正要进入自家的夯土地间。这时有一团火球从马厩入口飘了进来。说是火球，也并非熊熊燃烧，而是一团朦胧的光球。光球在夯土地间低低地飞来飞去。

那人感到奇怪，拿起扫帚，想要把那光球打下来。球轻飘飘地飞舞着，那人拿着扫帚在家里四处追赶。

最后，那人把光球逼到刚好靠放在夯土地间角落的水盆底下。那人情急之下盖住了水盆。

抓到了！他想。但抓到了也不能怎么样。

他回到客厅，正盘算着该怎么处置，外头传来人的声音。

很快地门被打开，亲戚探头进来说：

“你伯父病危啦！快点过来！”

那人心想不好，急忙跑下夯土地间，但又忽然想起光球的事。也许是不知道该不该就这样扔下不管，他把倒扣的水盆打开来，让光球飞走后才出门。

伯父家就在附近，前去一看，已经来了很多人。

打听之下，才知道原来病人一度咽气，刚才却又忽然复生了。那人听到这话，内心感到一阵不安。

他来到枕畔，伯父微微睁眼看他，说：

“我刚才去这小子家，结果这小子居然抓着扫把追打我，甚至拿水盆从头罩住我。”

“啊，闷死我了。”伯父说。众人都没认真当一回事，却只有那人吓得半死。

光球应该就是伯父的灵魂——人魂。

一百五十二

远野后街一户人家，孩子患了重病，最后断气了。

同一时刻。

有个平素就十分疼爱那孩子的人，正在万福寺的墓地扫墓。

这时那孩子踩着跌跌撞撞的脚步出现了。那人知道孩子生病的事，因此觉得很奇怪。他应该躺在家里休息，不该跑来这种地方。而且小孩子跑来墓地玩耍，这本身就很怪。那人把孩子赶回去说：

“喂，你干吗这种时间跑来墓地？快点回家睡觉！”

但他实在很担心，便在离开寺院的时候，顺道去孩子家探病。

结果那里正全家上下闹得天翻地覆。

家人说，孩子不久前断气了，但刚才又复活了。

二百六十三

死人的棺中，会放入六道钱。

是三途川的渡河钱。

此外，亲戚朋友也会各自放钱到棺木里，为故人投胎转世做准备，放钱时，比起实际放入的金额，嘴巴要尽量说出更大的金额。比方说，放入一钱铜币时就说：

“这是一千圆，等下次出生时，你就是有钱人了。”

前些年佐佐木喜善的祖母过世时也是。

“你是个好人，下回投胎，多带些礼物过去吧。”

众人这么说着，家人不必说，连村人都放入相当多的金钱和谷物到棺木里，为她送行。

二百四十五

投抬转世的事也时有所闻。

前些年，上乡村某户人家有婴儿诞生。这婴儿出生后，紧握的手久久不曾打开。因为婴儿一直不张开手，家人便强行掰开，发现婴儿手中紧握着一张纸。是握着它出世的吗？家人惊奇地一看，纸上写着“我是北上田尻的太郎爷所转世”等字句。

太郎爷的家人听到这件事，开心地说：

“我们家的老爷子死不到一年就投胎了。”

此外，有时墓地会自行长出柳树等树木，据说那也是墓主已经在别处投胎的证据。

二百四十四

有时妻子害了“癖暗”（*译注：原文作“クセヤミ”[kuseyami]，无汉字*），丈夫也会同时难受起来。

癖暗指的就是害喜。此外，有时孕妇阵痛时，丈夫也会一起生病。

远野有句古谚：“唯有癖暗，是助人之病。”

二百三十七

据说在远野地方，即使孕妇就要临盆了，如果山神还没有来，孩子就不会出生。

即将临盆时，必须在马上置驮鞍，就像人骑乘那样，让马去迎接山神。这时要任由马自行前进，人跟在后面。当马在路上抖动身体停步时，就是山神上马了。等到神明上马了，再牵着缰绳把马带回家。

视情况，有时马才刚走到屋子大门口，神明立刻就上马了。

但有时都走到了村境，却还没有遇到神明。

不管怎么样，据说通常就在差不多马停步的同时，孕妇就会生产。

二百三十八

没有养马的人家，就带着背带（译注：原文作“オビタナ”[obitana]，无汉字）去迎神。

背带是用来背孩子的绳带。用背带迎什么神，具体并不清楚，但习俗中，等孩子平安出世后，这时带出门的背带必须送到神社，或是村子的路口。

因为必须送神回去。

一百五十九

这是佐佐木喜善的朋友之妻所说的。

她在初产时因为难产而差点送命。

据说原本痛苦难受得要命，但忽然间整个心情变得轻松。不觉得悲伤或难过，只是忽然觉得非得快点前往某个地方不可。

到底要去哪里，她说记不清楚了，但她置身某处的路上，心急如焚，所以决定不管三七二十一，先赶路再说。

不知不觉间，她进入一栋建筑物，没多久便发现自己来到一处宽敞明亮的和室大厅。但心情还是一样焦急，觉得还得继续前进，因此便抓住纸门，想要快点进入隔壁房间。结果——

不知不觉间，房间里挤满了数不清的幼儿，团团包围住她。即使她想开纸门，前方也被堵住，动弹不得。那些幼儿阻止她去隔壁房间。

但她试着折返，幼儿们便分开到两边，让出路来，就好像在叫她回去一样。

这样的情形重复了几次，渐渐地，她听到远方隐约传来呼唤自己的声音。所以她才老大不愿意地决定回去。

不久后，一阵强烈的气味扑来——

她醒转过来。自己被附近邻居抱在怀里，全家闹得不可开交。

她醒来时感觉到的呛鼻气味，是母亲让她闻的。是将炭火放入醋水中，让人嗅闻醒神的。她说这刺鼻的气味渗透到鼻腔深处，几乎作痛，持续了将近一个月之久。

据说要让孕妇清醒，这种醋味最有效。

还说必须是酿造醋才有效。

二百四十一

习俗中，孕妇进入产房后，要以“一丸”稻草为枕。

一丸指的是十二把。此后一天拔掉一把稻草，枕头便会愈来愈低，到了第二周，就会变成平枕的高度。

此外，孕妇在产房期间，必须把平日食用的各种食物全部各尝一些。如果这时不吃遍所有的食物，以后吃到没在产房尝到的食物时，一定会闹腹痛。

但只有一个例外，就是涩的食物。涩的食物完全不能食用。

二百三十九

胞衣迟迟排不出来时，据说只要把蒸笼盖在产妇头上，很快就会排出。

佐佐木喜善的邻居生产时，也因为胞衣排不出来，束手无策，这时因为村里的老妇人记得这个咒法，才使得胞衣顺利排出。

这咒法的效果不容置疑。

二百四十三

在产房生产结束，产妇第一次外出来到太阳底下时，必须用布巾盖住头脸。

而生下来的婴儿，必须用锅底的黑煤在额头点上一点。

二百四十二

刚生下来的婴儿，枕畔一定要放一把刀。

否则婴儿一个人落单时，魔物就会从婴儿的毛细孔侵入进去。

稍大一点之后，若是让婴儿看到镜子，也会着魔，所以也是禁忌。

二百四十

生出双胞胎时，父亲必须爬上屋顶，以左右街坊都听得到的音量大喊三次：

“我老婆生了双胞胎！”

否则就会连续生出双胞胎。

二百五十三

男孩子第一次扎兜裆布时，要请父母的姊妹买来白木棉布。

此外，刚长出来的阴毛一定要拔掉。人们说这叫作“拔掉头头”，如此一来，往后就会长出茂盛的阴毛。

二百四十七

厄年出生的孩子（*译注：原文为“年回りの悪い児”，指在父母厄年[男人四二、女人三三为最凶]时出生的孩子，或丙午年出生的孩子[俗信此年出生的女人会克夫]*），可以丢弃解厄。

不是真的丢弃。

首先，让厄年出生的孩子钻进茅厕的脚踏板底下。然后再把他带到岔路口，暂时丢在那里。当然，一开始就已经决定好由谁来捡，也都说好了。指定要捡孩子的人会在岔路等着，立刻捡起被丢掉的孩子。

然后父母再从捡到的人那里将孩子收为养子。

这样的孩子取名时多半有个舍字，男孩就叫舍吉、舍藏，女孩就叫阿舍，阿弃或弃子。

二百六十九

远野地方，人们常会对孩子说：

“你是被装进瓠瓜，从家后面的河漂来的。”

或是：

“你是装在葫芦里漂来，被捡来养的。”

也会说：

“你是从葫芦里生出来的。”

二百四十八

出生的孩子体弱多病的话，就送去给人当养子，取个养子名。

因为一辈子都会以养子名称呼，因此经常除了本人自己以外，都不知道户籍上记载的真正本名。

佐佐木喜善就有好几个养子名。

若宫的神子给他取的名字叫“广”。

八幡神社为他命名“长助”，而稻荷神社则为他取名“繁”。

“但我的身子骨一点都没有变得比较强壮。”

佐佐木笑道。

立待月——阴历十七

二十九

猿石川流域有好几处水潭。

鳟泽村的阿锅渊也是其中之一。

据说这是阿曾沼家支配这一带时的事，因此是古早以前的事了。当时鳟泽村的领主侧室里有个叫阿锅的，生得很美，又是个才女。

鳟泽村的领主在某次战事中阵亡了。

阿锅一听到夫君战死的消息，便抱着幼儿，追随夫婿跳水而亡。

从此以后，母子沉没的水潭便被称为阿锅渊。

阿锅渊的中央一带，有一块巨大的白色岩石。有人看过一名身穿白衣的妇人在那岩石上梳头发。

也有人说，看到她的身影，就会发生洪水。

距今二十五年前也发生过洪水，当时也有两三人看到白衣妇人。

三十二

远古的时候。

桥野的中村地方有一片大沼泽。

沼泽里住着大蛇。大蛇经常捕食住在附近的村人。

不管被吃掉多少人，无力的村人也束手无策。

就在这时候，田村麻吕将军因怜恤困苦的村人，前来消灭了大蛇。

村人害怕大蛇死后作祟，建了祠堂祭祀它的尸首。

那就是现在的熊野神社。

神社前有棵老杉树，据说以前有个习俗，会将雕刻成大蛇头形的木头面具悬挂在它的树干上。

流经神社前方的河川，因为田村麻吕将军曾在那里清洗斩杀大蛇的大刀，因此被命名为太刀洗川。

三十四

虽然不在远野乡，不过闭伊川流域有一处叫腹带渊的水潭。

从前。

水潭旁有一户人家。不知何故，那户人家连续有三人患了急病。家中多达三人病倒，令家人焦头烂额，这时一名老妇人不知从何处来访。老妇人说，府上有人生病对吧？被陌生人说中，家里的人都很吃惊。老妇人接着说：

“两三天前，你们在前院杀了小蛇对吧？有人害病，就是这个缘故。”

这么说来，确实发生过这样一件事，因此家人更为惊异，聆听老妇人接下来的话。

“那小蛇是水潭之王的使者。”

老妇人说。

“水潭之王想要这户人家的第三个女儿当媳妇。大王就是派小蛇当使者来转达此意的。”

家人极为惶惑。老妇人说，第三个女儿已经被看上了，不管怎么样，都会被水中的魔物抓走。

听到这话，女儿惊吓过度，就这样病了。

结果——不可思议的是，女儿卧病的同时，先前病倒的三个人一下子全好了。然而女儿的病情迟迟没有好转。和先病倒的三个人不同，一旦被水潭之王看上，就注定要变成这样吧。女儿药石无效，在家人照顾下也不见起色，没多久便死了。

家人都很悲伤，但认为既然女儿横竖会嫁给水潭之王，不管埋葬在哪里，尸首都会被夺走，便趁夜把她埋在水潭旁边，准备了空棺，办了假的葬礼。

隔了一天，到埋尸的地点一看，不出所料，女儿的尸首不见了。

果然被水潭之王夺走了。

因为有这样一件事，每到这个女儿的祭日，哪怕只有三滴，也一定会下雨，而村里的人也有所顾忌，不让孩子们去水潭玩水。

此外，娶了这个女儿当媳妇的腹带之渊的大王据说是第三代。被第二代大王相中的，是甲子村一户姓小通（*译注：原文作“コガヨ”[kogayo]，无汉字*）的人家的女儿。

三十

小友村小字上鲇贝住着一个叫浅仓源次郎的人。现在的家长也姓浅仓，但对于该户人家，人们都和地名一样称上鲇贝。

这是上鲇贝家全盛时期的事。

上鲇贝家很有钱，也有不少用人，其中有个名叫阿仙的下女。

阿仙有个刚出世的孩子。她得照顾襁褓中的孩子，还得帮佣，当然应该忙得不得闲，然而阿仙却不知为何，每天都会到大宅的后山去。虽然不知道她去做什么，但总之她就是会上山。

没多久，她又一次上了山，就这样再也没有回来。

不管等上多久，人都没有回来。婴儿思念母亲，饿得哭叫。因为太可怜了，有人背着孩子去到山脚边。也许是认为母亲听到孩子的哭声，就会下山来。虽然不知道阿仙上山有什么事，但总是有母子之情吧。但如果有旁人在，也许她会起戒心而不肯现身。

因此那人把婴儿轻轻地放在地上，退开一段距离观察。

阿仙果真现身，为孩子哺乳。

但婴儿一喝完奶，阿仙又上山去了。找也找不到人，也没办法把她带回去。上鲇贝家的用人没办法，只好每天轮流把婴儿抱到山脚去。阿仙偶尔会现身哺乳，但有时不会出现，又过了几天，终于完全不现身了。

但孩子还是想去，用人也认为或许阿仙会出现，因此明知道白费工夫，还是继续抱婴儿去，然而某一天，远方传来阿仙的声音说：

“我已经成了蛇身。所以就算是自己的亲骨肉，看到人就会想吃。万一吃掉自己的孩子，就后悔莫及了，而且我再也回不去了，所以别再把孩子带来了。”

抱婴儿去的人怕了起来，逃了回去。

从此以后，孩子也不再思念母亲了。

从这天算起二十天后。

降下大雨，狂风大作，发生了洪灾。

上鲇贝家也未能幸免，水流过主屋和小屋之间，就像条河川。

蛇身的阿仙乘着那水，从山上下来，流入小友川。随着浊流顺河而下的大蛇来到冰口渊时，变回了原本的女人模样。但也只有短短的一瞬间，阿仙的身影一下子就沉没到水底了。

从此以后，那座水潭就被称作阿仙渊。

阿仙待过的山，被取名为蛇洞。

据说蛇洞现在还留有那次洪水形成的小沼泽。

那么应该也不是多古老的事，住在同村的松田新五郎说。

二十五

松崎村小字登户的水潭附近，有一户姓里屋的人家。

紧挨这户人家前方，有一条猿石川。家近河川虽然方便，但这距离实在太近了。而且也许是地形的缘故，水位只要稍微升高，屋子立刻就会淹水。里屋家的人都为此苦恼不已。

饱受水害之苦的主人，有一天到河边祝祷说：

“河川大王，河川大王，如果你让这条河绕到别的地方去，我就把我的独生女嫁给你。”

结果。

隔天早上醒来一看，河川不见了。

四下张望，可以看到猿石川就在远方。一夜之间，河川改道了。那条可恨的河远离家门口了。

主人欣喜不已。然而他的欣喜，也在一瞬之间烟消雾散。

因为他想起了自己说要把女儿嫁给河川大王的诺言。由于没料到会一语成谶，主人心痛极了。虽然不知道河川大王是何方神圣，但对方的力量甚至足以改变河道。这约定是非守不可的了。主人烦恼不已，绞尽脑汁。

最后他心生一计。

那天。

主人等待下女到河边洗衣。

洗衣是在水潭进行。下女毫不设防，就像平常一样下去水潭开始洗衣。

主人悄悄逼近她的背后，冷不防将她推入水潭。也许他想要用下女来代替女儿，或是以活人献祭，希望河川大王就此放过。

下女沉入水中，但又浮了上来，站在水潭正中央，表情狰狞地骂道：

“我诅咒你！我诅咒你、诅咒男人！等着瞧吧，此后你家再也没男丁！”

然后就这样没入深渊。

从此以后。

这户人家即使生了男孩，也绝对活不过二十岁。

这是伊藤直接从里屋家的人那里听来的。

二十六

松崎村的桥场一带，住了一个人叫德弥，靠贩马为生。

某天发生大洪水，河川泛滥，大水一路灌到他在登户的家来。德弥心想这样下去太危险，便去到外头恳求说：

“河川大王，河川大王，我把女儿献给您，请让河水避开我家吧。”

结果大水一下子就绕过德弥家，流往别的方向去了。

虽然千钧一发捡回一命，德弥却懊悔不已。因为他只是情急之下随口说说，完全没有要把爱女交出去的意思。把女儿献给河川大王，等于是杀掉女儿。

德弥苦思该如何是好，正在盘算计策，这时两名女乞丐前来乞讨。似乎是一对母女。

德弥问起女儿年纪，说是十八岁，跟德弥的女儿同年。

德弥想到可以拿她当替身献祭。

这时德弥说出事情始末，低头恳求两人。不知是同情德弥，还是厌倦如浮萍般漂泊的日子了，母女答应了德弥的请求。

德弥很开心，当晚召集了许多村人，大开宴席。触怒河川大王，对村子来说也是攸关生死的问题，因此全村盛情招待那对母女。

隔天。

母女在村人送行下，前往叫作药研渊的水潭。

母亲先入水，然后从水里伸手拉女儿的手。

但女儿迟迟没有沉下水。应是尽管答应了，但还是眷恋人世吧。

然而最后女儿还是沉入水底深处，不见踪影了。

河川大王没有生气，但乞丐的女儿一直作祟，直到后世。

德弥家生下来的女儿，没有一个活过十八岁的。

三十五

从远野的城镇前往花卷的爱宕山山脚，有一座祠堂叫卯子酉神。

这座祠堂旁边的小池塘，池畔生长着单叶的芦苇。

这座池塘在过去是个大水潭，也住着水潭之王。水潭之王偶尔会在虔诚信仰的人面前现身。

据说只要向水潭之王祈求，就能不可思议地缔结男女良缘。

二十一

金泽村小字长谷，是与土渊村小字栃内的琴畑背对背的聚落。

长谷有户人家叫曲栃。

那户人家后方有一座叫泷明神的祠堂，境内有棵大七叶树。

当时曲栃家有个美丽的女儿。这女儿非常喜爱屋后的大七叶树，每到傍晚，就会到大七叶树下，依偎着树枝，或凭靠在树干上打盹。

有一次，大槌滨的人听到大树的传闻，找到这里来，说要砍下这棵七叶树造船。既然有人要，也没理由拒绝，家里的人便把七叶树卖给大槌的人，让他们砍。

女儿悲伤极了。

决定砍伐以后，女儿日夜哭泣，说不想要树被砍掉，请他们不要砍树。

然而。

树一直没被有砍掉——不，砍不掉。

不管怎么砍，隔天一看，又会恢复原状。砍下来的木屑，到了夜里又会跑回原位。无论怎么砍，到了隔天又得从头来过，因此怎么也砍不倒。大槌的人都没辙了。

这时刚好有个漂泊的乞儿经过此处，见状传授了方法：

“老树常有这种事。这种时候，只要将砍下的木屑烧掉就行了。如此一来，就可以轻易砍断。”

众人闻言照做，果真有了进展，几天以后，即使是那样一棵巨木，也终于被砍倒了。

女儿伤心极了。她一直以为树绝对不会被砍倒的。

虽然总算砍倒了，但搬运巨木不是件易事，只能把树干推入金泽川，让它漂到下游。

七叶树被丢入河川。

女儿见状，疯狂地哭泣，沿河追赶树木。

巨木迅速地冲到下游去了。

但漂流到下游的壶桐渊附近时，巨木忽然上下颠倒，就这样沉入水潭了。树木应该要浮在水面上的。即使因为水流，暂时被冲入水中，也一定会浮上来才对。然而不管如何等待，树木都沉在水潭里没有浮上来。

女儿看了，不晓得在想什么，突然纵身跃入壶桐渊。

然后她抱住沉入水底的七叶树，就这样葬身水中。

树木和女儿的尸体，都再也没有浮出水面。

树木就这样成了水潭之王。

到了现在，天气好的日子，仍然可以看见沉在水底的巨木形姿。

据说那形状就像长了翅膀。

二十八

松崎村小字矢崎有一座叫母也堂的小祠堂。

从前这一带住了一个巫女。她是从绫织村小字宫目来的，因为学识渊博，很受村人敬重。巫女有个独生女，她非常疼爱女儿，视为掌上明珠。

女儿长大以后，招了入赘女婿。

女婿人很能干，夫妻感情也很好，然而不知为何，身为岳母的巫女就是不中意这个女婿。她悄悄决定总有一天要把他赶走，却苦无借口，也没有方法，烦躁不已。

这时，从猿石川引水的水渠入水口坏掉了，村人都很困扰。不管怎么修理，每年都一定会坏掉。会崩塌三四间长的距离。不仅麻烦又花钱，而且影响农务。

村人开会，再三商议，但一群没学识的人聚在一起，也不可能想出什么好点子，便决定请教巫女。

巫女说：

“这情况，只能把一个人沉入堰口，让他成为守堰者。”

简而言之，就是要以活人献祭。巫女接着下达神谕：

“后天黎明时分，会有一个穿白衣、骑白马的人经过，你们抓住他沉入水中就行了。”

村人对巫女的话深信不疑，便出动全村男女，守住各个要道，等待骑白马的白衣人出现。因为万一漏抓了人，误了事就不好了。

同时，巫女叫来女婿，吩咐他后天一早到附马牛村去办事。

巫女认为，要除掉碍眼的女婿，这是不可多得的好机会。那天一到，巫女一早便趁暗起床，让女婿换上白衣，乘上白马，送他出门。

正在埋伏的村人看到如同神谕的人，在神谕指定的时刻经过，都惊讶不已，立刻抓住白衣的女婿，然后道出原委，请他为了村子，守护堰口。

女婿为人耿直，也许是无法对村人的危难见死不救，又或许是认为神意不得不遵从，二话不说便答应了。

但女婿说：

“我听说自古以来，活人献祭都是男女一对。如果神明认为我是献祭的适合人选，表示我的妻子也应该随我沉入水中。”

然后女婿喊了妻子的名字。

赶来的妻子回应他的呼唤，果断地说：

“那么我也追随夫君一道去。”

接着她返家换上和丈夫相同的白衣，回到丈夫身边。夫妇俩一同乘着白马，就这样直奔河中。白衣男女一眨眼就和马一同沉入水里了。

结果。

天色骤暗，雷声不断，随着闪电降下大颗的雨珠，豪雨持续了三天三夜。

第四天雨停了。

等到河水退了，村人提心吊胆地前去查看堰堤的状况。

那一带的景观全变了。

水潭变成了浅滩，而且堰口出现一块巨石。村人以那块岩石为基础，筑起新的堰堤，完成了一座能屹立数百年的安全堤防。巫女的神谕成真了。

村人感谢牺牲的夫妇和马，在新堰附近将他们祭祀为堰神，每年举行祭典。这祭典一直延续到今日。

但是。

巫女的企图完全落空了。虽然想出谋害可恨女婿的奸计，却因此一并失去了最心爱的女儿。

女巫唏嘘不已，承受不了杀女的自责，前往两人沉没的地点，投水自尽。

人们将她祭祀为母也明神。

母也堂就是祭祀这个母亲巫女灵魂的祠堂。

二十四

有许多水潭或沼泽深处沉着钟或釜的传说。

据说土渊村小字角城的钟撞堂，那里的水潭就沉了一座钟。水潭旁边在以前有一幢叫角城馆的大宅，沉在水底的就是那户人家的钟。这座钟在河底，现在有时仍会响。

栗桥村初神的明神渊沉有一只大釜。据说是用在神事“御汤立”（*译注：神道教仪式，于神前煮沸热水，由巫女或神职人员以竹叶蘸取热水，洒在自己和参拜者身上，以祈求无病消灾*）的釜。现在也能在水底看到它。据传釜中的水如果混浊，就会发生不好的事。

土渊村的小乌濑川有久手桥，底下的水潭则沉着一尊金色的佛像。当朝日灿烂射入的日子，可以看见它在水底发光。这座佛像据说是火石的北川家改信神道教时，将家中祭祀的佛像搬运到那里丢弃的。

二十三

松崎村的松崎沼也沉了一座钟。

据说那钟来自龙宫。

远野的物见山流传着一个不可思议的石磨的传说，叫孙四郎臼，也有人说它就是在松崎沼找到的。

此外，沼底还有两块并排的石头，叫爷石婆石，从这里再过去的地方，无论怎么样都去不了。如果硬要过去，前方便是无底深渊，去了就再也回不来。

三十一

松崎沼旁有块大石头。

据说石头上偶尔会出现女人。

还说沼泽里会传来织布机的梭声。

现在怎么样就不清楚了。

虽然不知是否有关，但松崎沼有着以下的传说：

从前。

当时的诸侯有个美丽的女儿叫松川姬。松川姬顺利成长，但到了适婚年龄后，却开始为轻微咳嗽的毛病所扰。虽然称不上重病，但小姐经常因此闷闷不乐，周围的人也都担心不已。

有一次。

小姐忽然说想去松崎沼看看。

侍女和家臣都拼命制止。松崎沼并不是什么名胜，只是个沼泽。如果去了那种地方，导致病况恶化，那就不得了了。

然而小姐不听劝，要下人备轿，前往松崎沼。

小姐站在岸边，含笑望着沼面。

自从害了咳病，小姐总是郁郁寡欢，因此即使只有一些，但看到小姐心情愉悦的表情，下人也都稍微放心了。也许他们认为，即使是这样的沼泽，只要能让小姐排解忧愁，带她来也是对的了。

然而。

小姐忽然跳进了沼泽。

据说轿子里留下了蛇的鳞片。

不过除了松崎沼以外，好像还有两三处沼泽流传着松川姬投身的传说。

这似乎是元禄（*译注：江户时代的年号，一六八八——七〇四*）时期的事。

二十二

附马牛村的东禅寺，地名源自于此地过去一座叫东禅寺的大寺院。东禅寺在江户初期，在南部氏诸侯的命令下，迁到盛冈城了。

现在有一座叫常福院的寺院。

常福院里的大釜，据说是过去东禅寺一个叫无尽和尚的高僧所使用的物品。

无尽是个德高望重的禅师，平日就有两百余名的云水随他修行，因此煮粥的时候，一般大小的釜实在不够，总是使用这只大釜。

而且在当时，大釜共有两只。

有雄釜和雌釜，并称为夫妇釜。

东禅寺迁移到盛冈的时候，这釜不愿意被带走。也许是极不想离开附马牛这块土地，每天晚上都发出奇异的呻吟，在本堂不停地打转。

但人们还是不能把釜丢下，就这样到了搬迁的时辰。

然而人们准备抬起它时，竟重到抬不动。釜愈来愈重，不管出动多少人，都无法移动它半点。但还是只有雌釜勉强可以抬起来。

虽然设法抬出了，但雌釜思念留在寺院的雄釜，叫了起来。即使如此，工人还是设法搬运，但就算想要前进，还是会被拖回去。而且釜又重得令人站不稳。以为是在往前进，结果却后退了。

因为太可怕了，工人们搬至村里叫大萩的一带后，便决定暂时把釜放下，看看情况。

结果釜一边呻吟一边旋转，掉进前方的水潭了。

两只釜之中，一只没有离开寺院。东禅寺消失以后，它仍然留在原处。而另一只则沉没在大萩的深渊。

四十

这是从前无尽和尚想要兴建东禅寺大伽蓝时的事。

和尚一时兴起，希望境内有眼清澈的泉水。不过庭石可以搬来，树木可以种植，唯有泉水无法如此。靠人力是无法让泉水涌出的。因此和尚决定向早池峰山的神明祈祷。

无尽和尚站在一块大圆石上，向着远方的灵峰全心全意祈祷。

某天晚上。

那块圆石上忽然出现一名骑马的美丽女神。

女神对无尽和尚说：

“我赐你一眼灵泉。”

然后消失了。

有一说提到无尽和尚这时想要画下女神崇高的身影，提起笔来。然而——

当和尚开始画马耳时，女神已经消失无踪，石头上什么也没有。

这块圆石现在仍保留在东禅寺的遗迹，叫作来迎石。

这块来迎石，也有人说是早池峰的女神为无尽和尚的高德所感动，曾降临其上，聆听和尚诵经。

女神赐予的灵泉也实际存在。

它叫作奴之井，也叫作开庆水，现在仍会涌出清澈的水来。

传说如果有人影遮蔽泉水水面，就会下起大雨，因此水井旁边摆了长柄勺。使用泉水的人，必须远远地汲水，免得身影倒映在水面上。

六十七

这也是东禅寺的开山祖师无尽和尚的事迹。

有一次。

无尽和尚站到来迎石上，环顾四方。和尚不知想到什么，忽然走下石头，快步去到奴之井旁，用长柄勺汲了灵水，撒向天空。

结果顿时涌出滚滚乌云，遮蔽了天空，朝南飞去。

众弟子都不明白出了什么事，只觉得不可思议。

后来，纪州（*译注：即纪伊国，日本旧时行政区，为现今的和歌山县及三重县一部分*）的高野山捎信过来。

信上写着，前些日子敝山失火，多亏无尽和尚鼎力相助，才能迅速灭火，至为感激，特此陈谢。

得知缘由后，弟子们都惊讶极了。

四十一

土渊村大字柏崎有个地方叫新山。

山上有座竹林，竹林里有涌泉，形成一块小池塘。

据说只要有人影遮住池面，就会下雨。

三十三

桥野的溪谷祭祀着不动明神。

桥野的不动明神祭典非常热闹。

以旧历六月二十八日为中日，依据不同年份，会举办二日祭或三日祭。

传说自古以来，这场祭典的日子都会下雨。即使只有两三滴，也一定会落雨。这是有由来的。

从前。

有一尾鲨鱼为了参拜不动明神，从大海溯着桥野川来到桥野的溪谷。

鲨鱼不断地溯河而上，来到不动瀑布下的深潭。然而祭典期间，天气太好，河畔干燥，河水减少，导致水位下降，鲨鱼回不去海里了。

鲨鱼向天祈祷，请上天特地为它降雨，增加水位，总算顺利返回大海。

从此以后，世世代代，即使到了现在，每到祭典之日，都一定会下雨。

此外，祭典之日，桥野的村人都戒慎恐惧，别说在河里洗澡了，甚至不敢汲取河水。

有一次，有人打破了这个禁忌。

结果原本连日都是大晴天，这时却突然下起大雨，而且下个不停，终于演变成大洪水，不只是田地，连房屋都被冲走，演变成一场大灾难。尤其是犯了禁的那人，房屋家当全被冲走，家人也都被大水卷走淹死了。

四十三

青笹村在过去有许多池沼，但全都不见了。

传说天人戏水过的池子也已经不在了。

只留下一处叫御前沼的沼泽。

御前沼现在仍会涌出略带白色的水。

前些年，有人汲取这水烧洗澡水。

那人宣称浸泡此汤可以治病，盖了澡堂让人泡澡，没想到极为灵验，口碑载道，每天都有信徒前来参拜，络绎不绝。

由于脍炙人口，此地变得门庭若市，因为也不能视而不见，远野的巡查找上门来，严厉警告。

意思是不能随便相信、宣扬怪力乱神之事吧。

但巡查不仅是警告建澡堂的人，还踹了盖在沼旁的小祠堂，把它恶狠狠地踩烂了。

那名巡查一回家就死了。

据说家里的人也生了病，死了好几个人。

这应该是明治初期的事。

四十四

远野乡一带，偶有清泉的流行神（*译注：突然流行起来，受到人们狂热信仰，然后又退烧似的一下子消失的神佛*）出现于各地，广受欢迎。

佐佐木喜善小时候，土渊村小字栃内一个叫锅割的地方，岩石底部一夜涌出清泉，引发议论，成为流行神。

距今十二三年前也是，栃内一处叫下画地（*译注：原文作“チタノカク*

チ”[*chitanokakuchi*]，*无汉字*）的地方，巨杉根部涌出清泉。这涌泉能治百病的消息传开，引来一天近百名的信徒。据说这里也盖起澡堂，汲取泉水烧洗澡水。

尽管人气如此鼎盛，却短短两三个月后就衰退了。

五六年前，松崎村的山脚一处叫天狗之森的地方涌出清泉。是附马牛一名叫虎八爷的老人家发现的，虎八爷四处宣传这涌泉有黑蛇的神灵护佑，同样引发轰动。

据说当时每天参拜的人也超过百人。

四十八

佐佐木本身也参拜过下画地的流行神。

他说实际前往一看，那里有许多信徒捐献的锅盖，上面写满了各种愿望。

俗话说：“红豆年糕和流行神要趁热。”

据说捐献锅盖给流行神，是取掀起锅盖，蒸汽冒出时最新鲜的意思。

四十五

这是附马牛村的虎八爷发现天狗之森的涌泉时的事。

虎八爷有事进入松崎村的山中，却在山里忽然站不起来了。老人动弹不得，在草地上趴了一会儿，发现近处有泉水汩汩涌出。

也许是为了疏解痛苦，虎八爷伸手掬了水，含入口中。

顿时感到一阵清凉。虎八爷爬到泉水边，喝了水，抹在疼痛的部位。

身体的疼痛一下子就消失了，他感到神清气爽，通体健壮。

虎八爷会向世人宣传这清泉的疗效，就是源于这番体验。涌泉开始广为人知，但也有人存疑。

在松崎村公所担任书记的一个年轻人就说：

“都什么时代了，哪有那么荒唐的事？”

然后亲自带着虎八爷上山确认。

来到清泉附近时，年轻人忽然全身动弹不得。他试着挣扎，却怎么也动不了，倒在旁边的草丛里。因为还能说话，所以年轻人向虎八爷求救。

虎八爷告诫说：

“你的邪心难以原谅，但既然你都求我了，我就帮你吧。从此以后，绝不能再那样狂妄自大。”

然后掬了清水给年轻人喝。

一喝水，年轻人立刻恢复了自由。

这是直接从年轻人那里听到的事。

四十六

佐佐木喜善有个姓宫本的朋友。

这个人也去了天狗之森的涌泉，目睹它的灵验。

这就是那位宫本说的。

用毛笔蘸取灵泉的水，在白纸上写字。因为是清水，当然不管写什么都看不到，但唯有写下“早池峰山大神”时，水一点都不会在纸上洇渗开来，文字也清晰明了，并且可以写得很美。

宫本说，因此此流行神与早池峰的神明应该有关。

事实上，虽然虎八爷一开始到处跟人说这是黑蛇大明神，并呼唤此名大声祈祷，但后来也改口说是早池峰大神。

四十七

流行神只要出现一个，就会陆续在各地现身。

绫织村也是，虽然比其他地方稍晚了一些，但也出现了渊源相同的清泉流行神。祭祀这神的，是一名老妪。

四十二

在远野一地，说祈雨，一般都是爬到六角牛山及石神山等高山，燃烧千驮木祈祷。此外，也会将马骨等投入瀑布的深潭，借其污秽引来雨神。

松崎村小字驹木的妻神山中，有个小池塘祭祀着明神。

传说自古以来，只要对这个池子恶作剧，就会下雨，恶作剧的人也会碰到不好的事。

有个住在附近的男子对这类传说嗤之以鼻，斥为无稽之谈，将马骨、树枝、石头等扔入池中。

结果那个人当天就发了疯，失踪了。

村人很担心，找了好几天，结果还是没找到。

过了半年以上，当池子周围的树叶都落尽的时候。

人们在池畔大树的顶端发现男人的尸体，就好像被人扔上去似的悬挂在那里。尸首已经化成了白骨。

一百七十六

青笹村的猫川大王是一只猫。

这条河曾经水位上升，淹上高地，造成极大的灾害。

据说这也是因为猫生性就喜欢爬上高处的缘故。

三十七

从绫濑前往小友的小友岭上有座祠堂。

据说祠堂附近的溪谷有座迷幻沼泽。

那座沼泽难得一见。

传说沼泽里栖息着大海百川中一切种类的鱼。

如果看到那沼泽。

会因为看到了它——

而害病死掉。

居待月——阴历十八

五十

绫织村小字新崎一处叫西门馆的小丘上，矗立着一棵老松树。

松树根部有座小祠堂，人们称其为八幡大人。

不过那里祭祀的似乎不是八幡神。神体是约四寸大的悬佛（*译注：将佛像、神像浮雕于圆形铜板或铁板上，悬挂于柱子或墙上礼拜之物*）。并且，它的模样与佛身有些不同，也有人说是耶稣的母亲玛利亚。

这尊神像从以前就经常自行外出游走，因而闻名。

六十八

远野町小字会下有座十王堂。这座祠堂的住持，家里的人得了热病。

不巧碰上插秧时期。但家里的人生了病，没有半个人能下田工作。

因此只有住持家的田一直没有插秧，一片黑土。

附近的人也很担心，觉得他们一定很困扰，但光是自家的工作就忙不完了，也无法代他们插秧。

一天早上，邻家的人因为担心，到住持家的田地去查看。

结果竟看到田地里布满了绿油油的秧苗。邻居惊讶极了，急忙折返，到住持家探望。因为他很好奇究竟是谁种的田？但住持家的人全都躺在病床上，痛苦呻吟，根本不是能种田的状态。邻居更感讶异，百思不解。

然后他不经意地探头看十王堂里面。

发现堂内的好几尊佛像，全都沾满了泥泞。

五十三

有一次，孩子们把会下十王堂里的老佛像给搬了出来。

孩子们骑跨在佛像上，当成木马游玩。

附近的人看到，大骂怎么可以对神佛不敬，没收了佛像，再次安放到堂内。

结果骂人的那个人当晚就发烧生病了。

男子受梦魇惊扰，看到十王大人入梦。十王大人怒斥：

“难得我正与孩子们玩得开心，你却自作聪明，厉声呵斥，令人愤恨。”

因此男子拜托巫女向十王大人赔罪。男子诚心致歉，答应往后一定会小心，得到了原谅。

五十一

十渊村枥内的久保观音是马头观音。

附近的孩子常会搬出这尊观音像游玩，而且玩法粗鲁，他们将神像扔下前面的斜坡，或当成雪橇滑行。

住持看不下去，出面责骂孩子。因为他担心这样对神佛实在太不敬了。

当天晚上住持就病了。人们请巫女判断病因，神谕说是观音大人生气了。巫女说：

“观音大人难得正与孩子们玩得尽兴，你却多管闲事，惹恼了观音大人。”

住持大吃一惊，立刻向观音赔罪，病马上就好了。

说出这件事的老人新田鹤松，就是被住持责骂的孩子之一。

五十二

土渊村柏崎的阿修罗神社，祭祀的三面佛像十分巨大，高达五尺。

孩子们把这尊佛像搬出来，放在坡下的沼泽当成船乘坐。

有人看了，骂他们会遭天谴，反而触怒了阿修罗神，遭到报应。

那人无计可施，拜托巫女帮忙，最后道歉才获得原谅。

遭天谴的那个人，是现在仍住在阿修罗神社附近的先九郎大叔的祖父。

五十四

在远野町的上组町，孩子们也会用绳子绑住大师神的神像，四处拖行游玩。孩子们玩得不亦乐乎，但大人看了实在胆战心惊，有个人狠狠地斥骂，制止孩子这样玩。

当天晚上，大师神就出现在那个人的梦里，说它玩得正愉快，却遭到打扰，令它十分不悦。那个人一样是向大师神道歉，才得到原谅。

五十五

琴畑的聚落入口有一座冢，上面摆了一尊约三尺高的丑陋木像。

看不出雕刻的是什么，但既然祭祀在冢上，肯定是神佛之类不会错。

有一次，孩子拿这木像当成雪橇在雪地上游玩。

刚好路过的老人嘀咕说不该做这种事，结果当晚老人便发起高烧来。

木像十分愤怒，说难得玩得开开心心，为何要责骂孩子？

这座冢旁边的森林，前些年被野火烧掉了。

在这场火灾中，冢上的神明被烧伤了。火灾的时候，神明想：

“飞去京都的姐姐那里避难好了。”

但身体却重得飞不起来，只是滚落到底下的池塘而已。

虽然掉进池子就不会烧掉了，却跌成了重伤——据说有过这样的事。

至于怎么会知道这些事，是木像透过野崎的斋子之口，亲自描述的。

斋子就是让神灵附身的巫女。

六十

鳟泽村小字鞍迫的观音，是一尊高达七尺的焦黑木像。

从前。

祠堂在山林大火中烧毁了。

传说观音因为身体也着了火，便飞出祠堂，跳进前方的溪谷，躲过一劫。

六十一

青笹村一户姓菊池的人家，佛坛祭祀着阿弥陀佛。是一尊约六寸高的泥塑像，全身煤黑。

某天晚上。

这尊阿弥陀佛像从佛坛走出来，大步来到熟睡的菊池家老人枕边。老人正在睡觉，所以以为是做梦。阿弥陀佛说：

“失火了，快起来！”

老人惊醒过来，发现屋子里亮得宛如白昼。他惊慌地张望，发现灶口的柴木起火，正熊熊燃烧。老人急忙叫醒家里的人。

火势顺利扑灭了。

这是约十年前的事。

六十二

从前。

远野的六日町发生火灾。

当时不晓得从哪里冒出一个小孩，拿着打火篮跑来跑去，拼命打火。多亏那孩童相助，火势被扑灭了，但灭火之后，孩子也消失不见了。

收拾善后完毕，众人开始疑惑，那孩子年纪那么小，却如此奋不顾身，究竟是哪一家的孩子？却怎么也查不出来。众人都说真的不可思议。

火灾后，人们发现下横町一家叫青柳的澡堂，木板地间上冒出一排小小的泥巴脚印。那脚印延续到主屋，循着前往一看，脚印结束在佛坛前。仔细一瞧，祭祀在佛坛的小阿弥陀佛像脏掉了。从头到脚浑身是泥，而且满身大汗。

六十三

这是明治维新稍早前的事。

远野町的华严院失火，烧毁了一半。

因为是一场大火灾，即使赶到的消防队竭尽全力，都无法控制火势，状况危急，眼看本堂就要被烧毁了。众人正担心这下子整座寺院都将不保，这时火势却开始衰退，逐渐被扑灭了。最后本堂幸免于难。

当时在远野城上观看火灾的人说，人们正在辛苦打火的时候，有两名童子沿着树枝爬到寺院屋顶，开始奋力灭火。火势就是从这个时候开始转弱的。

听到这话，住持前往本堂一看，发现两尊佛像变得焦黑。一尊是不动明王，另一尊是大日如来佛像。两尊都出自佛像雕刻名师之手，是高约两寸的小佛像。

六十五

野州（*译注：即下野，日本旧行政区，相当于现在栃木县*）古峰原的古峰神社，亦是闻名遐迩的防火之神，远野地方也有许多人信仰。此外，据说这个神明非常爱吃山药。因此参加香会的信徒都竞相献上山药。

有一次。

上乡村某人随进香团到野州的本社去参拜。但只有他一个人没带山药，颇为尴尬。

“我忘在家里的洞前了。”

他谎称。洞前是马厩与主屋之间的夯土地房间前方的空地。社务所说不必介意。

那人松了一口气，没想到社务所的人接着说：

“我们立刻派人去取。”

那人内心不安，但心想就算说立刻，应该也没那么快，况且只不过是山药罢了，应该不会特地为这点小事派人过去，便放心地睡了。

隔天早上，神社的人对那人说：

“昨晚我们派人到府上的洞前找山药，却没见着。也许是有人恶作剧拿走了——总之那里空无一物。”

那人脸都绿了。神社的人见他神色有异，说：

“我们留下了一点警告，作为证明，往后你要留意。”

那人急忙回家一看，发现他家的小屋当天晚上烧掉了。

即使不亲自前往参拜，也可以献上山药给这尊神明。

方法很简单，只要把山药放在自家屋顶上，并念诵“献给古峰原之神”就行了。隔天早上，山药就会不见，一阵子以后，会收到神社寄来的谢函。

土渊村的小笠原家曾经向古峰原的神明祈愿，并献上山药，但他把粗壮漂亮的山药留给自己家吃，把一些又细又丑的山药放到屋顶上。结果没多久，那户人家就起火烧掉了。

当时目睹小笠原家火灾的人，都想起上乡村那个人的事，议论纷纷。这是距今十二三年前的事。

六十六

这是七八年前的事了。

土渊村饭丰一户姓今渊的人家，家里的人采来了樱花枝。因为很漂亮，便把它插在空的四合瓶里，供在佛坛上，点灯祈祷。

然后全家人都出门下田去了。

一会儿后，有人不经意地朝家里的方向一看，看见家中竟冒出滚滚浓烟。今渊家的人心想不得了，急忙从田里赶回家。然而来到屋檐附近时，烟雾似乎变小了些。进屋一看，火源似乎是佛坛。好像是明灯的火延烧开来，从牌位到地板都烧焦了，樱花也被烤干了，然而只有挂在同一个坛子上的古峰原神的挂轴完好无缺。神坛那么小，挂轴却连边缘都没有烧焦半点。

家人认为就是这护符灭了火，大为感激。

这类传说，从以前似乎就有许多。

六十四

据说爱宕神也是防火神。

信仰爱宕神的远野下通町一带，五六十年来从未发生过火灾。

有一次。

某户人家发生小火灾时，当地信奉的大德院和尚现身，用小长柄勺舀出水桶里的水灭了火。当町内的人赶到时，火已经熄灭了。

隔天早上，失火的人家前往大德院致谢说：

“昨晚多亏师父相教，才没酿成大祸。太感谢了。”

然而寺院里没有一个人知道这件事。

这时失火的人家才醒悟，是爱宕神化身和尚来救火。

五十六

住在远野町的老人政吉爷，小时候在小友村小字山室成长。

事情发生在他八九岁的时候。

政吉在山室一带的村庄镇守神筱权现神社的境内和几个玩伴一起玩捉迷藏。

政吉躲在安置于中堂的姥神像背后。

他钻进狭窄的隙缝间，屏声敛气，结果不知不觉间睡着了。

不久后，他被声音叫醒：

“喂，喂，起来啰。”

他四下张望，发现天色早已昏暗。当时政吉夹在局促的隙缝间，人靠在姥神像的背后。他急忙想要离开，但中堂的门已经关上，不管是推还是拉都打不开。其实天黑的时候，住持就把门锁起来了，只是他睡得很熟，浑然不觉。

怎么弄都出不去。政吉没办法，心想只能等到早上，便靠在圆柱上，渐渐地又落入梦乡。然后又有人把他叫起来：

“喂，喂，起来啰。”

堂里没有半个人。只有姥神。换句话说，是姥神把他叫醒的。

但政吉累了，虽然半醒过来，却撑不开眼皮，再次闭上了眼睛。然后声音又喊他了。姥神都叫了他三次，所以政吉也觉得无论如何非起来不可，就在这时，家里的人带着大批村人来找政吉了。政吉出声，家人找到他，把他带回家去。

据说这姥神是祛天花的神明，是一尊高三尺余的木像，外形如同其名，为一名老妪。

四十九

土渊村小字枥内的深山，琴畑的入口一带，有座小山叫地藏端。因为山顶有座年代久远的地藏堂，故得此名。

地藏堂现在还在，但已经过重建。里面的地藏像也非原本的那一尊。

琴畑有户屋号为大向的人家，这户人家有个祖先是猎人。

从前。

大向的祖先上山打猎，却空手而归，大为愤怒。猎人在回程经过地藏堂，说：

"打不到猎物，就是因为咱村子有你这种地藏！"

然后开枪射了地藏像。

地藏像碎裂，失去一只脚而破了。地藏也许是觉得这种地方待不下去，就这样飞上天，去了京都，现在仍在京都某寺。

有一次，村人去伊势参拜时，顺道拜访了那座寺院。

地藏果真就在那里。也就是村人在京都的寺院，与从前村子地藏堂的地藏重逢了。村人询问地藏，是否想要回去琴畑？结果地藏发出响亮的脚步声。

这是什么意思呢？

现在的地藏堂是朝北建，据说就是为了避免对着京都的方向。

至于为什么，理由并不清楚。

也许是为了防止新的地藏又飞去京都。

一百二十七

从前有个云游四方的僧侣来到绫织村。

那名僧侣不吃不喝，也不如厕，只是全心全意雕刻佛像。

由于他雕出来的木像实在太出色了，村里的人想要请他雕刻别的像，但僧侣却在不知不觉间离开了村子，下落不明。

人们说，也许他是木食上人（*译注：木食上人即为断五穀修行之出家人*）之类的修行僧。

一百二十九

上乡村大字佐比内的赤泽有座六神石神社，里面有一尊铜制神像。

据说这铜像原本有两尊。

因为是用上好的铜料制成的，似乎从以前就相当知名，但也许是树大招风，其中一尊被偷了。

剩下的一尊也曾经失窃。

偷了神像的人把它放入佐比内矿山的矿炉，想要熔掉，神像却不知为何没有熔化。窃贼连吹了七天七夜的炉，却怎么样都熔不了。即使是窃贼也不由得心生畏惧，将神像归还给神社。

现在被奉为神体的就是那尊神像。

一百二十六

早池峰山的女神会以十一面观音的形象显现。

不仅开山传说中如此记述，慈觉大师为了祭祀早池峰神而创的妙泉寺，本尊也是黄金十一面观音。

但是据猎人们说，早池峰山的大王是个三脸的独脚怪。

猎人称之为三面大黑。

亦即，它也是大黑天。

姑且不论独脚这一点，除了天台寺以外，还有许多寺院神社祭祀三面大黑天，因此三面大黑这个神明本身并不稀罕。但为何是大黑天，就不清楚了。

不过妙泉寺住持的继承人宫本说，妙泉寺的山号也称大黑山，应该有某些渊源才对。

也有传说认为，本尊的十一面观音是大黑天的腹佛（*译注：佛像的腹内包有另一尊佛像，即称腹佛*）。

亦即，大黑天神像是观音像的胎内佛。

事实上，听说以前那里祭祀着五六寸大的大黑天像。

是一尊小而粗糙的神像。

宫本的母亲年轻的时候，每天早上都会献上神酒给这尊大黑天像。

这是寺院杂役的工作。

当时杂役里有个嗜酒的老人。

这老人每天早上拿到供奉的酒，就有一股想要把它喝掉的冲动。尽管想喝，但老人还是用力按捺住，把神酒供奉给大黑天。

某天早上。

老人送酒过去，大黑天说：

“我不必了，你拿去，大伙喝吧。”

老人怔住，随即吓到腿软，逃回同伴那里，说出这件事。

但即使说大黑天对他说话，也没有人相信。

其他杂役都不当一回事，七嘴八舌说：

“你老痴呆啦。”

每个人都认为是老人太想喝酒，才撒了这种谎。但老人坚持是真的，大黑天这么对他说。因此众人决定让别的杂役送神酒去供奉看看。

结果大黑天再次开口，说：

“我喝不了这么多，你们拿去喝吧。”

这事轰动乡里，称它为会说话的大黑。

九十七

传说青笹村的相扑力士荒泷，其神力是六角牛山的女神所赐。

附马牛村小字石羽根的佐佐木权四郎听到这件事，灵机一动：

“那我要早池峰山的女神赐我神力。”

然后向女神祈祷。

后来，权四郎在一处叫川原之坊的地方巧遇早池峰的女神，获赐某样物品。虽然不清楚他得到了什么，但从此以后，权四郎真的成了一个力大无穷的人。

这是权四郎二十岁左右时的事。

现在权四郎已经年过八旬，再也没有从前的怪力了。

据说是权四郎约五十岁的时候，把获赐的物品拿到邂逅女神的地点，还给了女神。而那究竟是什么，权四郎从来不曾告诉过别人。

这是一位姓宫本的人，直接从权四郎老人那里听说的。

一百一十九

六七年前的冬天。

四五个土渊村的年轻人到琴畑川去，把秋冬季节砍伐的木材放入河中。

他们夜宿不动瀑布旁的不动堂。

那天晚上狂风暴雨，风雨吹了进来，因此众人将堂门紧紧地关上，从屋内严实地锁好之后才入睡。

一晚过去，暴风雨似乎停歇了，外头也亮了，年轻人便起床了。

结果少了一个人。

晚上锁起来的门原封不动，因此不可能有人离开。

众人开锁推门一看，只见一名同伴倒在地上，姿势就好像被扔出堂外。众人大惊，跑过去查看，发现那人睡得不省人事。

虽然不知道究竟是怎么一回事，但年轻人都说这一定是神明所为，敬畏不已。

二百〇一

小友村一个住在鲇贝的人，某天前往远野城镇，在路上与一名陌生的旅人同行。

那名旅人沿路指着家家户户，逐一指出每一家的秘密：这户人家有人生了什么病、这户人家出过什么事。由于那人多少也知道各村庄的事，而旅人所说的内容又与自己所知道的完全吻合，因此听了后内心惊诧不已。

那人问：

“你应该是初次路过此地，怎么会连这种事都知道？”

旅人说：

“很简单，我有这个。”

然后从袖袋里取出小小的狐狸给他看。

那不是一般的狐狸，应是所谓的饭纲、管狐之类。

“只要拥有这个，任何人都能像我一样无所不知，并且心想事成。”

旅人自夸地说。

那人非常想要。

因此他拜托旅人，买下一对雌雄小狐，并请旅人详细传授使唤之法。

然后他开始利用这狐，进行占卜。

一开始他走访邻近街坊，说：

这家人的父亲，今天会去海边买哪些鱼回来。在海边买的价钱是多少，所以只要用多少的价钱卖掉，就可以赚上一笔。

他说的内容百发百中。由于一切都会如同他的预言，因此相信的人也愈来愈多，那人一下子出了名，成了铁口直断的算命师。

陆续有人闻风而来，他一眨眼就变成村中首屈一指的有钱人。

然而。

不知为何，他的富贵竟维持不到几年。

他的算命愈来愈不灵了。风评每况愈下，没多久就变得落魄，家里也变回原来那样穷困了。据说后来那人路死街头。

饭纲就是这样的东西。它的法术有类似年限的期限，会逐渐失灵。

因此使用饭纲之术得到的财富，是留不住的。不论如何极尽荣华富贵，死时也会回到原本的状态。

各地都可以听到类似的传说。

二百〇二

使用饭纲之术的人，叫作饭纲师。

在这块土地，每个地方都说饭纲师并非自古就有，而是近年才传入的。

土渊村的某人，表面上伪装成法华宗的修行者，其实是个饭纲师。这个人也是从旅人那里买来饭纲的种狐，每次占卜皆百发百中，近乎不可思议。前来问卜的人络绎不绝，不仅是村里，不久后名声甚至遍及海岸地方。

某一年。

渔夫委托这个人祈祷出海丰收。他答应下来，前往海岸，要人在海边搭设铺张的舞台，在上面进行了三天三夜的祈祷。

然而半点鱼群都不见踪影。

生性凶猛的渔民动怒了。他们骂道：

“你这个远野来的江湖术士！”

然后把修行者从台上拖下来，扛到船上，驶出海面，把他扔进海里。

修行者被海浪冲到岸上，捡回一命，但不敢现身，爬上岩石躲起来，等待日落，这才摸黑狼狈逃回。

修行者对渔夫粗暴的行径愤愤不平，但既然祈祷不见效，那也没办法，但他还是咽不下这口气，左思右想，最后厌恶起这饭纲，不干饭纲师了。

他把包括种狐在内，繁殖出来的狐狸全数收入怀中，戴上白色馒头笠，前往屋后的小乌濑川。他尽量挑选水深的地方进了河，慢慢地把身体沉入水中。

这是让饭纲离开的法术。

小狐们因为浸泡在水里，痛苦万分，争先恐后逃出怀里。但饲主的身体慢慢地下沉，因此它们爬上肩膀，再沿着头爬上斗笠，最后全部站到馒头笠上了。

修行者见状，慢慢地解开斗笠的绳索。

于是狐狸乘着馒头笠，自然地顺水漂走。

据说除非这么做，否则无法摆脱附身的饭纲。

一百八十九

这是上乡村佐比内的佐佐木家的老奶奶所说的。

从前，远野的一日市有个叫甚右卫门的人，是他在佐比内村子上方的矿山干活时遇到的事。

那天是晴天。甚右卫门在山里工作，不知为何，相当于佐佐木家后头的山洞一带忽然云雾遮蔽，四下顿时一片漆黑，伸手不见五指，一步都无法动弹。

甚右卫门心想，这一定是马木内的稻荷神所为。

因此甚右卫门跪到地上，闭上眼睛说：

“请您让天色放明吧。若您让天色放明，我一定会请来您的神位，好好祭祀。”

然后睁眼一看，天空又恢复成原本的晴天了。

甚右卫门依约请来神位，虔诚地祭祀。

这就是现今马木内的稻荷神社。

卧待月——阴历十九

二百五十六

每块土地都有所谓的民间信仰，这个地方也多不胜数。

一辈子不吃辣椒，就会变成富翁。

挖掘炉里的灰，就会生孩子。

敲打自在钩，穷神会开心。

对着膳台用筷子敲饭碗，就会变穷。

隔着碗看人，会娶到丑媳妇、丑女婿。

还有，夜里埋炭火和磨锯子等工作，不能假手他人。

二百五十五

出门后第一个碰到的是女人，一整天都会走运。

如果遇到的是和尚，就要后退三步吐口水。

碰到蛇的话，这天会是好日子。

此外，这蛇穿越路面叫“过道”，从右边出来叫“入怀”，会有偏财运。

一百四十七

烛火的芯没有蓝焰时，会发生火灾等灾祸。

前些年远野町发生大火，据说当时也是，火源附近某户人家的妇人每早献上的明灯火焰唯独那天早上不见蓝焰，正觉得奇怪。

没多久附近就失火，演变成那场大火灾。

一百四十八

如果有人从附马牛村去参拜伊势神宫，当年就会大歉收，因此这一带视其为莫大的禁忌。

大正二年，也有附马牛村的人前往伊势，该年果真就歉收了。

同样，据说正月的插秧舞从松崎村出发，当年就会歉收，出现饿殍。

二百五十四

如果和服腰带自个儿松脱，当晚心上人就会来访。

还有，兜裆布或和服衬裙自行脱落，会发生极好的事。

也说眉毛发痒，就会有艳遇。

二百五十八

一般夜里都是赤身裸体地入睡。

据说如果不这么做，就等于白睡了。人们非常厌恶穿着衣物入睡，都是一丝不挂。尤其是夫妇，认为下身穿着衣物睡觉，将引发不和，视为不吉。

二百一十九

猎人会随身藏着虎鱼，作为猎得山产的护佑。

虎鱼是一种在南海捕获的小鱼，在远野一带被视为非常宝贵的物品，极难得到。据说只要身上带着它，就能大丰收。

而渔夫则会秘藏着山虎鱼。

山虎鱼是栖息于山野湿地的小贝类。形状细长，类似烟管，朝左卷。据说只要持有这种贝，打鱼时即能丰收，一样极受珍重。

二百二十

闭伊郡的海岸地方，每户人家都会将一种形状偏圆、带有光泽的鱼阴干后悬挂在屋檐下。

这叫作镜鱼，可以驱邪。

二百六十二

以前每当有人得了天花，就会先设神坛，挂上七五三绳（*译注：即注连绳，神道教中，神事时用来标示圣域的绳索*），供膳祭祀，并让病人戴上红帽，穿上红色布袜，寝具也要换成红色的。

天花约三个星期就会痊愈，痊愈以后，要进行“酒汤”庆祝仪式。召集亲朋好友，在神前供上红豆饭，插上红纸做成的币束。然后扎稻草人，让它穿上草鞋，带着红豆饭捏成的饭团，附上有洞的钱币，把它送到路口处。

这时使用的有洞的钱币，也叫作旅钱。

据说尚未得过天花的人，特别欢迎病况轻微即痊愈的人的送神活动。

但现在已经不太这么做了。

二百六十

家中有人远行，或入伍出征不在时，煮饭时也会为他准备一份。一日三餐，都会另外准备一份供奉，称为“影膳”。

盛装影膳的饭碗，碗盖上没有蒸汽结露，或是影膳的碗筷倾倒滚落，就表示外出的家人出了不好的事。

另外，如果有人把供奉的影膳吃掉，外出的家人就会感到非常饥饿。

这样的实例不胜枚举。

山口一个姓丸吉的人出征参加日俄战争，投入黑沟台会战。据说当时他忽然闻到了酱油饭的香味。他退伍后把这件事告诉家人，原来是那天供奉的影膳的香味。

二百六十一

家里的人也会进行占卜，以得知出门在外的家人动静。

准备外出家人人数的薄木片或木块，写上各自的名字。然后在盆里装水，使木片或木块浮在水面。如此一来，便可透过这些木片的动作，逐一得知他们在旅途中的情况。

有一次，佐佐木喜善的祖母随着一行共二十四五人的进香团去善光寺进香。这时佐佐木的母亲将写了每一个人名字的木片放入水中，进行占卜。

母亲会看着水盆，说：今天奶奶跟某某一道走，今晚跟某某在一起，晚上跟某某睡一处。

一天，总是走在一起的亲戚奶奶与家中奶奶的木块怎么样就是凑不到一起。母亲搅了几次水，重新占卜，却怎么样都排不到一块儿，因此担心是不是出了什么事。

等奶奶回来后，提起这事，奶奶说：

"其实我跟她发生了一点不愉快，从伊势到奈良的途中，有一整天都没有在一起。"

此外，前些年的关东大地震时，因为担心去进香的村人是否平安，也透过这种占卜得知了状况。

十九

栗桥村小字早栃有句俗谚叫"平家的高锅"。

在源平两氏争战的时代。

早栃也发生过战事。两军在此地相抗争，胜负难分。到了用餐时间，两阵营都开伙煮饭。

源氏因为正值战事，认为饭愈快煮熟愈好，便将锅子压得低低的。他们判断离火愈近就愈快煮熟，没想到米饭迟迟煮不熟。

而平氏反过来把锅子垫高，增加底下放置的木柴量。结果柴薪熊熊燃烧，水一下子就滚了，饭也煮得香喷喷。

由于这样的故事，在早栃都说煮东西时把锅子垫得愈高愈好。“平家的高锅”这句俗谚，就是这个意思。

二百四十九

“卷”*（译注：原文无汉字，为片假名マキ。有可能是源自于书写族谱的“卷物”[マキモノ，makimono，即卷轴]）*是用来表示亲属集团的词。

从前，每户人家都分别隶属于不同的卷，比如右卫门卷、兵卫卷、助卷、之丞卷，等等，名字也都依据其所属的卷来决定。

佐佐木家是右卫门卷。

因为是町人*（译注：江户时代的身份阶级之一，在都市从事工商业者，较武士、农民低贱，但具有经济力）*，因此没有姓*（译注：从前日本平民没有姓氏，多以所属之土地、集团等相称。直到明治三年[一八七〇年]，为了贯彻户籍制度，规定国民都必须有姓）*，代代都称他们家为“山口的善右卫门”。同一个卷里面，还有吉右卫门、作右卫门、孙右卫门、孙左卫门等人家。

二百五十

称呼人名的时候，上面一定会加上其父的名字。

比方说春助这个人的儿子叫勘太，儿子就叫春助勘太。

当家叫万藏，上代叫小次郎，当家就叫小次郎万藏。

同样，还有善右卫门久米、吉右卫门鹤松、作右卫门角、犬松牛、孙之丞权三，等等。女人也是一样，叫长九郎菊、久兵卫春乃、千九郎香津，等等。

这年头，女孩的名字也开始使用麻烦的汉字（*译注：在过去，日本女性的名字一般只使用假名，而无汉字。前面的菊、春乃、香津，原文也是きく、はるの、かつ*）了，但这在其他地方也是一样的。应该是全国共同的倾向。

二百五十二

青笹村的关口，有个游手好闲的人天天上远野后巷的妓院。

那户妓院叫三光楼，因此当地人也把这个人叫作三光楼，最后竟成了他家的家号。

那个人的家，现在也被称为三光楼。

二百五十一

也有非常多的人以绰号被称呼。

有个叫新助爷的老人，因为擅长唱弥勒调歌（*译注：原文为やら节，为远野地方的庆祝歌曲*），人们便称他为弥勒新助。

爱吹牛皮的人就叫牛皮某某。这还算好的，有人因为偷过东西，所以叫作三只手五郎助；有人嗓音听起来像哭声，所以叫呱呱三五助；有人口吃就叫结巴三次郎；有许多这类揶揄人的称呼。

此外，也有一些针对身体障碍而取的粗暴绰号，像单眼失明的叫独眼龙某某；单脚残障的叫跛子某某；手部残障的叫无手某某。不光在远野地方，这在任何一处似乎都是很普通的事。

此外，也有许多依据身体特征而取的绰号。

细眼睛的女人叫斋子阿菊（*译注：斋子多由眼盲女性所担任*）；个子比常人矮的叫矮冬瓜三平；相反来说个子极高，就叫竹竿勘右卫门；瘦子则比喻为秧鸡，叫秧鸡长太；也有因为脸蛋既红且细，所以叫红辣椒阿驹的；还有小不点藤吉、翘屁股福治，等等。

也有以动物形象命名的例子，像猫头鹰阿留、大蛇阿留；或以走路模样来取名的蟹行阿熊、蛙足手桶、泥鳅太郎、狐狸阿环、不动阿胜，等等。

好玩的是，一名小学老师因为走路时手臂总是大大地摆动，叫作六臂老师；而脸蛋小巧、个子也娇小的女老师则叫作瓜子姬（*译注：瓜子姬是日本民间故事的女主角，从老奶奶在河中捡到的瓜子里诞生。后来天邪鬼掳走瓜子姬，杀死她并冒充。最后天邪鬼被揭穿杀死*）。

二百五十九

即使是同一个地方，各地区文化习俗也都不同。

佐佐木居住的村子，有个村人在提到栗桥村的时候这么说：

那边的人会围在大锅旁吃饭，各自从锅里直接舀东西到碗里吃。汤也是一样。有一次我只吃掉汤里的豆腐，留下汤没喝，那户人家的主妇看到，便好意帮我把碗里剩下的汤倒回锅中，又从那锅里单舀了豆腐给我。可是我觉得很脏，实在难以下咽。咱们土渊村就绝对不会这样。

不过据说在土渊村，还几乎没有任何一户人家在厕所用厕纸。

都使用木棒代替厕纸，那叫作“搔棒”。

二百五十七

近年，土渊村小字恩德出现一个神灵附身的人。

那个人卜卦很灵，十分出名。据说他还自己发明经文，请佐佐木喜善帮他誊写。

山口有个人去请那个神灵附身的人卜卦。占卜内容姑且不论，但那个人说他看到很不可思议的情景。他说：

“那个卜卦的人家，起居室以一根木头为界，里面是进深约三间（译注：一间约一点八一八米）的铺稻草卧铺，放了一根长长的木材当枕头，并排着好几床有人睡过的肮脏被褥。那个人的家里，有祖父母、父母、姊姊姊夫和孙子等，超过十人，好像全都并排睡在那里。”

结果一旁听他说的人说：

“什么，你现在才知道啊？那一带一直到下闭伊地方，每户人家都是那样睡的。”

这长木枕头对部分地区的人来说，似乎极为奇异。佐佐木喜善在儿时听祖父说过胆泽郡的扫部富翁的故事，其中也有三百六十五名下男下女全部枕在一根木材上入睡，一早用大槌子敲打木材的一端，把他们叫醒的情节。

这也是因为长木枕头十分稀罕，才会刻意强调吧。讲述时也会格外强调这一点。

更待月——阴历二十

二百三十五

这是佐佐木喜善从祖父那里听来的。

有人目击到两个身穿红衣的僧侣，乘着巨大的气球，从六角牛山的天空往南飞去。

也许是明治维新时的事。

一百六十五

前些时候，绫织村有个十七岁的少年到二子山游玩。

他在山里目击到一个十分不可思议的东西正在爬树。

回家以后，他把这事告诉家人，结果没多久就死了。

一百二十三

物见山里，有处地方叫小豆平。

从前。

南部藩的诸侯家臣中，有个姓中馆的。

这个中馆去射击的时候，碰上一个全身沾满红豆的神秘之物。中馆立刻举枪瞄准，想要将之一枪毙命，却不知怎的没有击中，最后失去了目标。

从此以后，那个地方就被称为小豆平（*译注：日文的小豆即红豆*），传说在那里开枪，绝对无法打中目标。

一百七十三

佐佐木喜善的朋友中馆，家里在江户时代是远野南部家家老（*译注：家老是武士家的重臣，总管家中政事。一藩设有数名家老，多为世袭制*），祖父是侍奉远野主公的首席家老，住在现在的城堡最高的地方。

某个冬夜。

中馆的祖父从主城回家，发现夫人变成了两个。两个从头到脚毫无二致的妻子一起站在玄关迎接他。即使看在丈夫眼中，也完全分辨不出差异。不管再怎么细看比较，都一模一样。

中馆窘了。

家臣见状灵机一动，牵来中馆家养的狗。

那是一头大狗。

结果其中一个夫人一看到狗，立刻狼狈万状地逃走了。

一百七十七

某个水潭附近的田地出现一头大牛。

大牛每晚现身，吃掉田里的麦子。田地的主人很生气，一天夜里持枪埋伏，射了那头牛。他应该只是想把牛赶跑，并不想杀它。他一面开枪，一面追赶，结果大牛扑通一声跳进水潭里，就此消失不见了。

这好像是小槌村明神渊的传说。

一百七十八

桥野的泽桧川下游，有处深潭叫五郎兵卫渊。

从前，水潭附近的富人家有个下人牵马来水边，洗马或是为马淋水消暑。

那个人也许是在途中想起了别的事，留下马回家了。据说只离开了短暂的一下子。

河童趁这个机会，想要把马拉下水。河童把马的缰绳绑在自己的腰上，使劲拉扯。结果马受惊冲了出去，竟拖着河童跑回马厩来了。这时有人来了，河童没办法，只好躲进放粮草的马槽底下，但家人就是来喂马的。人们掀开马槽要喂马，发现河童躲在里面。

河童也许是放弃抵抗了，拼命赔罪，恳求饶命，并保证绝对不会再像这样恶作剧，写下契文后，回去水潭了。

那户人家现在还收藏着那份契文。

一百一十三

要从绫织村到宫守村，必须经过一处叫小岭的路。

旁边有一座山叫笠之通，那里有叫作“火车”（*译注：原文为“キャシャ”[kyashya]，无汉字。西日本有相当类似的妖怪“火车”[kasya]，亦会夺取尸首，被视为猫妖*）的妖怪。

它会从墓地里挖出尸体，搬到别处吃掉。

还会在葬礼的时候攻击棺木，偷取尸骸。

《远野古事记》里也有关于它的记录，应该是自古即为人所知的怪物。

在笠之通附近，有人看过奇妙的女人徘徊。许多人目击到和服腰带在前方打结、上面系个红色束口袋的女人。

宫守村一个老人，年轻的时候也遇见过这个女人。因为那个女人就像听说的那样系个束口袋，他想这就是传说中的女怪，打算把她活捉，立个大功，便扑了上去，然而扭打之际，手脚开始麻痹，很快就动弹不得了。

那个女人趁隙跑了。

一百一十四

稗贯郡外川目村的猎人也碰到过这个女人。

他立刻逼近女人，想要开枪射死她，却一样手脚突然麻痹，甚至无法举枪瞄准。猎人连声音都发不出来，僵在原地动弹不得。

女人脸上带着笑，从猎人前方经过。

猎人一直杵在原地，直到女人消失不见。

后来这个人害了重病。

据说只要是绫织宫守的人，看到这个女人，都一定会生病，要不然就是死掉。唯有一个例外，就是前面跟女人扭打的男人，后来仍若无其事地过日子。

一百一十二

这是明治末年的事。

上渊村的年轻人动起歪脑筋，策划要从邻村偷取收割的草，伙同约二十人，前往西内山附近的邻村割草场。若是被发现，可能会演变成群架，而且在山里头打斗很危险，因此各自带上家伙出发了。

一行人默默前进，但没有多久，一个姓宇野崎的人便一声不吭地离开队伍。宇野崎往古沼的方向走下去，其他人都以为他可能是去喝水。

他们的计谋顺利成功，把偷来的草捆上牵来的马，准备好要打道回府，直到匆匆撤退的时候，宇野崎人依然没有现身。

再磨蹭下去，会被邻村的人发现。

应该快点溜之大吉才对。因此他们下山谷找寻宇野崎。

走了一会儿，顺着小河上去，众人发现了宇野崎。

宇野崎腰带解开，像头野兽般飞快地冲了过去。众人叫他的名字，他也不理，就好像听不见一样，众人只好追上去，把他包围，总算抓住了他。

宇野崎表情痴呆，就好像失了魂一样。

众人厉声问他怎么了，宇野崎这才大梦初醒似的恢复神志，说：

“其实我刚才下来沼泽想要喝水，看到一个头上绑三角的女人。”

三角指的是年轻女人用来包头的三角形布巾。

“那个女人对着我笑，所以我也卸下防心，跟她一直聊到刚才。

但她一看见你们，就像只脱兔一样，往那里咻地跑走了。”

“你在胡说八道些什么啊？”年轻人骂了宇野崎一顿，强行把他带回去，然而宇野崎本人却迷迷糊糊的，失魂落魄了两三天。

据说那个姓宇野崎的人，平日是个老实、安静的人。

二百二十九

从前。

人们都说远野一日市某户人家的女儿是飞头妖。

有个人在夜里来到键町的桥上，发现地上掉了颗年轻女人的首级。

那人大吃一惊，结果那头滚动起来。

那人靠近，头就往后滚；再靠近，又往后滚。滚着滚着，来到了姑娘家的门前。

然后那颗头从屋顶的破窗飞进家里了。

一百七十二

这是明治初年的事。

远野新町染布人家的妻子，忽然想到要去下组町的亲戚家探病。

当时是晚间九点左右。妻子来到下横町的转角，撞见一名身高约一丈（*译注：一丈为三米多*）的大和尚。

妻子吓得魂飞魄散，惊慌失措地逃跑，那大和尚也追赶上来，衣袖随风翻飞。妻子怕得要命，跑得几乎喘不过气。她跑着跑着，来到六日町的绫文这户人家前面时，觉得追赶的声音消失了，便停下脚步，也没听见衣袖翻飞的声音了。

她提心吊胆地回头。

结果——那大和尚就站在身后，变得比绫文家三楼的屋顶还要高。

妻子再次吓破了胆，没命地跑，总算跑到了亲戚家。

据说当时跑得太凶，她的小腿肿了起来，终其一生都没有痊愈。

一百七十

“乘越”（*译注：原文作“ノリコシ”[norikoshi]，远野地方的妖怪，也称“乘越入道”，和日本其他地方的“见越入道”有相似之处，皆为光头僧形，愈看愈大*）这种怪物就像一团影子。

一开始现身时，是一颗小小的光头。但因为怎么也看不真切，所以会想要瞧个仔细，但每一定睛，它就变得更大。愈看个子就愈高，最后大到必须抬头仰望。

因此俗说遇到妖怪乘越时，首先要看头，然后慢慢朝他的脚往下看。如此一来，它就会消失不见。

土渊村有个叫权藏的铁匠。这是权藏住在师父家当学徒时的事。

一天晚上，权藏去外头办事回来。虽然入夜了，但屋内还是明亮的。似乎是师母点了灯，正在做针线活。权藏不想打扰，正要径自前往卧室，不经意地一瞥——

发现纸门角落边，有人正在偷看屋内。

好像是个男人，但看不出是谁。

权藏讶异是什么人，往那人走近。

然而愈是靠近，那人就愈是后退。最后退到庭院落雨石（*译注：原文为"雨打石"，为盛接屋檐落雨的石头*）那里，就在退出屋檐外的瞬间——

那人的个子倏地拔高，最后竟超过屋顶，一眨眼就消失到暗处去了。

一百七十一

这名铁匠权藏很擅长捕河鱼。

每到夏天，他就会完全无心理会正职的铁匠工作，沉迷于钓鱼。

有一次。

权藏到山中溪流去钓嘉鱼。钓了满满一笼，准备收工，沿着山路往村子折返。

来到标示村子入口的石冢位置时，他发现草丛里站了个小和尚。

是谁呢？他定睛一瞧。

这时小和尚忽然变大，成了个高耸入云的庞大和尚。

权藏吓得腿软，逃回家去了。

八十七

绫织村砂子泽的多左卫门老爹家有座敷童子。

这名座敷童子原本是贵家小姐。

座敷童子消失以后，就家道中落了。

一百三十六

远野富豪的村兵家，祖先是个穷人。

有一次。

那个人经过爱宕山下一处叫锅坂的地方，结果竹丛里传来叫声：

“背我走，背我走！”

到底是什么东西？村兵绕过去一看，发现有一尊佛像。

村兵照着那声音把佛像背回去，祭祀在爱宕山上。

从此以后，那人既富且贵，家运一下子兴旺起来，后裔成了富豪。

八十八

那户远野町的村兵家，有叫作仓库童子的神灵。

只要撒上稻壳，隔天早上就可以看到各处留下小孩的脚印。

后来那仓库童子不见了。

从此以后，村兵家也逐渐家道中落了。

八十九

据说砂子泽的泽田这户人家也有仓库童子。

人似乎看不见，但有一次它现出身影，手中提着一个涂红漆的水桶。

自从仓库童子现身以后，家中经济就开始走下坡路了。

九十

同样是绫织村，小字大久保一户姓泽的人家也有仓库童子。

据说有时会传来旋转纺车的声音。

九十一

据传这是附马牛村某聚落某人家发生的事。

上代家长时，有名六十六部（*译注：简称六部，是抄录六十六部法华经，供奉到日本全国六十六处灵场的巡礼僧*）来访那户人家，在那里过夜。

但虽然看到他来，却没人看到他离开。

传闻是这么说的。

没听说那户人家从此大富大贵，但似乎也没有变得贫穷。

到了最近，这户人家出现了一个小女孩。年约十二，穿着红色的长袖和服，手持红扇。女孩一边跳舞，一边离开，进入一户姓下洼的人家。

这也是传闻。

但村里的人说从此以后，这两家就颠倒过来了。意思是两家的贫富差距逆转了吧。

也有传闻说住在附近的女孩临时有事去拜访下洼家，看见神坛底下蹲着座敷童子，吓了一跳，逃回家去。

既然会有这种种传说，下洼家应该相当富有。

九十三

远野一日市有户人家姓作平，十分富有。

但他们并非原本就是有钱人家。这户人家是因为某些机缘才开始发达的。

有一次，收藏在土仓库的大釜突然发出声响。家里的人不必说，附近邻居也都惊讶地跑去看。然而声音不仅没有停止，还愈来愈响，据说一直响了快一个小时。

从这天开始，这户人家就富贵起来了。

作平家请来一位叫山名的画家，画了大釜鸣响的图，称其为釜鸣神，加以祭祀。

是距今约二十年前的事。

一百三十四

一般认为，富豪之家在没落之前，都有某些前兆。

土渊村的大楢地方有个姓林吉的富人。林吉家曾经盛极一时，现在却连屋子的遗迹都不剩。

这户人家养了一只白狗。

但也许是因为某些嫌隙，林吉杀了那只狗。不仅如此，林吉还剥下那只狗的皮，命家人把尸体丢弃在荒野。

隔天。

家人起床，到夯土地间上的地炉生火。

正准备烧柴时，不经意地抬头一看。

昨天杀死的白狗竟浑身赤红地过来取暖。家人大惊，再次杀了狗，弃尸荒野。

后来没有多久，家中的马连续死了七匹，并且发生大洪水，冲走了屋子。

林吉家衰败下来，一眨眼就绝后了。

九十四

土渊村山口一户姓内川口的人家，在距今约十年前灭族了。

屋子也有段时期成了空屋。

因为无人靠近，当然完全没有人烟。然而明明应该无人居住，入夜以后，家中内厅却会亮起幽冥的火光，还可以听到低沉的诵经声，但不知道是谁的声音。

房屋就在大马路附近，因此很多人都听到了。有时附近的年轻人听到，心想又来了，跑过去一看，结果诵经声便停了，灯火也消失了。

同样的事也发生在栃内和野的菊池家。

菊池家也是绝后，后来空屋里传出诵经声等异象。

九十二

传说远野新町的大久保家，每晚都有女人出现在二楼凹间前梳头发。

附近一个姓两川的人怀疑这个传闻，斥其无稽，到大久保家去等待入夜。

到了夜里，果真有个陌生的女人出现、梳头。

女人狠狠地瞪了两川。

两川说，那表情真是说不出的骇人。

这是明治时代以后的事。

一百六十二

佐佐木喜善有个朋友田尻正一郎。

这是田尻七八岁时的事。

那天是村子药师神社进行夜间祈祷的日子。

深夜时分，田尻和父亲一起从田里的小径赶回家去。

结果碰到一个男人从对面走来。那个人戴了顶斗笠，上头的草叶全数掉光，只剩下骨架。

这是条没有岔路的路。因为两人即将擦身而过，田尻便停下脚步让路。结果他还没有闪开，男人就先一脚踩进田里，打斜身子让道了。

经过之后，田尻问父亲：刚才那个人是谁？父亲一脸古怪，反说：没有人啊。然后说：

“我看你突然停下来，还在奇怪你怎么了呢。”

一百六十三

前些年，土渊村有人家办丧事。是当天晚上的事。

一个叫权藏的人带着四五名村人走在路上。是要前往丧家诵经。

突然间，权藏“啊”了一声，跳过路旁的小溪。

其他人吓了一跳，问他怎么了。

权藏说：

“刚才有个黑色的东西推我。到底是谁推的？”

但其他人什么都没有看见。

一百三十七

据说这是才不久前的事。

一天晚上。

远野町某个男人走在一处寺院栉比鳞次的镇上。他正要穿过墓地，遇到一个奇异的女人从对面走来。

男人不明白自己怎么会觉得这女人奇异。但靠近后仔细一瞧，发现那女人是不久前才刚过世的同町女人。

男人惊讶停步。死掉的女人大步走近男人，递给他一个肮脏的小袋子说：

“这个拿去。”

男人胆战心惊地接过来一看，小袋子沉甸甸的。但他愈来愈害怕，便拿着袋子，头也不回地逃回家去了。

回到家里，总算安心一些以后，打开袋子查看，发现里面装了许多钱币，有银币和铜币。这些钱不管怎么花都不会减少。

据说穷光蛋的男人一下子变得富裕，就是拜此之赐。

这是俗称的“幽灵钱”，从以前就常有这样的事。

只要袋子里还有钱，即使只剩一文也好，一晚过去，又会变回原本那样满满的一袋钱。

一百六十九

佐佐木喜善的朋友岩城，他的祖母年轻的时候在远野一名姓劼下的武士家当奶娘。

一天晚上。

夜深以后，奶娘想要给孩子喂奶，到婴儿床边一看，看见一个女人站在旁边，目不转睛地看着婴儿。是个看上去三十岁左右的美丽女人。

奶娘大吃一惊，叫醒睡梦中的主人夫妇，但家人醒来的时候，女人已经消失无踪了。

另一天。

奶娘想要关上遮雨窗板，看见同一个女人坐在窗套旁边。

闹鬼的传闻不胫而走。

这名武士的家，两三代前的当家曾经私通奴婢，生下私生子。

但正室嫉妒心极重，毒死了那名奴婢。

生下孩子的奴婢似乎是个有夫之妇，她的丈夫也遭到夫人无端憎恨，把他当成牛马残酷地使唤，说是要他替妻子赎罪。

传闻说，被杀的奴婢怨恨这个家，才会化身幽灵现身。

一百六十七

约十年以前。

远野六日町一带，住着一对父女相依为命。

一天父亲过世了。

女儿办了丧礼。隔天晚上，死去的父亲出现在女儿身边。

父亲对女儿说：

“一起上路吧。”

是在叫她一起走。女儿惊恐害怕而拒绝了。但父亲每晚都来。女儿惊骇无比，请亲戚朋友来过夜做伴，但父亲依旧出现，苛责女儿。试尽各种办法都无法阻止，女儿终于病倒了。

这样下去，女儿真的会被带走，因此町内的年轻人都过来护卫。

入夜以后，父亲来访，年轻人挥刀保护女儿。

死去的父亲攀在二楼的木板上，怨恨地瞪着女儿。

这样的状况持续了一个月之久。

后来父亲总算不再出现了。

一百六十八

这是近三十年前的事。

土渊村小字枥内住着一个姓涩川的男人。男人得了伤寒之类的病，年纪轻轻，却一下就撒手人寰了。

丧礼当晚。

涩川的妻子说死去的丈夫回来了。丈夫说：

“我不能留下你一个人离开。我来接你了，一起走吧。”

但其他人什么都看不见，也听不到。

亡夫从隔晚开始，夜夜来访。还是一样没有人看得见，但每晚过了十点，妻子就会说：看，他来了，在那边、在那里，然后痛苦万状——

到了第七天，妻子死了。

有明月——阴历二十六

一百九十一

附马牛村小字张山的某户人家，死去的女儿每晚出现。丧事都已经办完了，女儿却每晚现身家中，令家人无计可施。

每当它出现，睡在房间的人就会同时受到梦魇所扰。醒来一看，纸门上倒映出影子般的东西，那似乎就是死去的女儿。

这样的状况持续着，家人都没辙了。但也有人说那不是幽灵，可能是狐狸之类。狐狸的话，应该就能消灭，因此村里的年轻人轮流前来监视。年轻人坐镇和室，一开始还意气风发，然而随着夜色渐深，似乎也渐渐不安起来，结果没人撑得下去，还没等到纸门上出现影子，就全数撤退了。

这户人家隔壁住着家长的儿子，也就是死去的女儿的哥哥。这神秘的骚动令哥哥难过极了，但他并未一味地害怕。他想，如果每晚来访的真的是妹妹的幽灵，他想要见上一面。

一天晚上，哥哥躲在暗处观察。

结果。

内厅凹间旁的纸门前，果真出现了影子般的东西。

来了！哥哥凝目细看，但那根本不是妹妹，而是一头大狐狸。是狐狸把脸贴在纸门上，窥看屋内的状况。从屋子里面看去，那像是妹妹的影子，但从庭院一看，真面目是一清二楚。

哥哥抡起附近的打稻草槌，小心不被狐狸发现，从檐廊地板下爬近狐狸，猛地扑击它的背。他在怒意驱使下，满怀杀意地殴打，但没办法给予致命伤，让狐狸给溜了。

但也许是太痛了，狐狸跛着脚，跑得很慢。

哥哥追上去想要给它致命的一击，但狐狸跑进后山，只得放弃。虽然狐狸受了伤，但天色早已漆黑，哥哥认为上山很危险。

从此以后，闹鬼的怪事就平息了。

哥哥也没有遭到作祟。

一百九十

这是从前发生在土渊村一户姓厚乐的人家的事。

那户人家的家长死了。然而死去的丈夫每晚出现在妻子卧室窗外，说：

“留下你一个人，我实在无法超度。跟我一起走吧。”

比起恐怖，家人更觉得可疑，便等到天黑以后，悄悄绕到屋后观察。结果看到一头大狐狸跑来，紧紧地贴在窗户上。原来这就是亡夫幽灵的真面目，家人抓着斧头悄悄靠近，偷袭打死了狐狸。

从此以后，死者再也没有出现了。

一百九十二

远野六日町有个铁匠叫松本三右卫门，他家每晚都会下石头雨。会有石头不晓得从哪里叮叮咚咚地掉下来。

这件事传了开来，全镇的人都跑来看。但有外人的时候，什么事都不会发生。左等右等，都等不到怪事，看热闹的人便回去了，然而人一走，又开始下起石头雨来。

松本家甚至每天早上都要把石头搬到玄关口，说：

"昨晚下了这么多。"

当时，元町一户姓小笠原的人家，家里养的红狗在远野城下抓到了一头非常巨大的狐狸。那头狐狸不只是大，还非常老，体毛有一半都变白了，而且尾巴还分岔成两根。

自从这狐狸死掉以后，松本家的石雨就停了。

现在远野的人依然称松本家叫石头铁匠。

一百九十四

远野六日町住着一个姓外山的人。据说他的祖父极擅绘画，雅号叫"仕候"。这位仕候老人喜欢散步，每天早上都一定要出门散步。

一天清晨。

仕候老人经过多贺神社前面，看见路上掉了一只大木屐。

老人知道这附近住着一只心术不正的狐狸，一看到木屐就知道是怎么回事，便大笑三声，别有深意地说：

“这么丑的木屐我不要，要是只大毛笔就好啰。”

结果木屐一眨眼就变成了一只漂亮的毛笔。老人只说：

“啊，真棒的笔。要是能用这么棒的毛笔画图就好啰。”

然后就走掉了。

另一天早上。

仕候老人就快经过同一处的时候，这回是神社前的老松变成了一支巨大的毛笔。

那棵松树一直到近年都还在。

此外，这座多贺神社的鸟居旁边有一棵古老的五叶松。

据说它也经常会变身为美丽的贵族小姐。

一百八十八

据说这是安政（*译注：江户时代的年号，一八五四—一八六〇*）年间的事。

远野的后街住着一名医师叫木下鹏石。

一天晚上，鹏石医师和家人在聊大地震的事，结果都三更半夜了，却有个男人来访，说：

“我是游田家派来的，有人得了急病，可以请医生快点过来吗？”

鹏石医师立刻收拾妥当，去游田家看了病人，开出药方。

“今天很晚了，我明天再来看吧。”

然后他留下药方，准备打道回府，这时游田家的老人出来，递出一包钱说：

“这是今晚的谢酬，请笑纳。”

隔天早上，鹏石再次前往游田家。

然而游田家的人却一脸意外。鹏石说是来看诊的，游田家的人也不知道他在说什么。

他们毫无头绪，不记得有叫医生，也不记得有医生来看诊。应该生病的人也活蹦乱跳的。

鹏石一头雾水地回家，觉得奇怪，打开昨天的谢酬。因为他想如果自己是被什么精怪给捉弄了，那包钱也许其实是树叶之类的。

但里面好端端地放了两枚货真价实的一朱金（译注：江户时代最小的金币）。

众人都说，当时的病人应该是悬稻荷神。

一百九十八

从前。

小友村有个绰号叫阿狼的人。

他替人牵马驮运为生，这天也牵着载满了鱼的马在路上行走。

来到村子一处叫团子石帚松的地方时，碰到一名武士从对面走来。那武士盛气凌人，明明阿狼没有冒犯，武士却找碴儿说：

“居然靠在马身上走路，成何体统！我非斩死你才行！”

阿狼心想要是被砍死就完了，立刻趴到地上赔罪。

他把头贴在地上，摆出下跪的姿势，却不知为何居然打起瞌睡来了。他赫然惊醒，抬头一看，发现一头狐狸站在团子石上，正想跳到马背的货物上。一想到自己被戏弄了，阿狼气得牙痒痒的，大声怒吼，恶狠狠地赶走了狐狸。

幸好鱼货都安然无恙。

一百九十六

远野的大慈寺檐廊下，被狐狸占据筑巢了。

有一次。

绫织村一个叫敬右卫门的人把酒菜放在膳台上，经过大慈寺前面。

刚好狐狸正聚在那里娶亲。

因为很罕见，敬右卫门便停下脚步，又因为太有趣了，他就这么站着参观起来了。

不久后仪式结束，敬右卫门准备继续往前走时。

发现膳台上的酒菜全空了。

一百九十五

远野的六日町有个俗名叫宇助河童的男人。

因为他特别擅长钓鱼，因此被取了个绰号叫河童。

某个夏夜。

宇助河童到爱宕山下去夜钓。

大丰收。因为时值酷夏，宇助心想好不容易钓到鱼，要是腐坏就不好了，便在一旁生起火堆，一边烘烤钓到的鱼，一边继续垂钓。

结果。

忽然间，一样古怪的东西跃入眼帘。

水里站着一个女人，撑着有一轮白色圆圈图案的油纸伞。

宇助见状嘲笑：

“可恶的狐狸，我才不会上你的当。”

宇助说，捡起石头扔过去。石头打中，水中的女人消失了。

不一会儿，这次河岸冒出一个男人，走进草丛开始割草。宇助见状，心想又来了，再次丢石头。

结果男人也消失了。

“哈，真爽。”

宇助河童感到畅快，兀自哈哈大笑。

不多久，这回是遥远的河川另一头，叫作角鼻的一带幽幽蒙蒙地亮了起来。还以为是什么，原来是一整排的灯笼，正左右移动，来回逡巡。

宇助笑道：

“哎呀，这回居然跑到那么远的地方去，做那种蠢事。”

这次的距离丢石头也扔不中，而且景象很稀罕，宇助心想这应该就是所谓的狐狸嫁女儿，有些感动，好半晌，看得呆了。然后他想到鱼快烤焦了，冷不防回神，往旁边一看——

鱼连一尾都不剩了。

“我被骗了三次。”

后来宇助经常这么跟别人说。

一百九十七

这是佐佐木喜善的朋友还在远野读中学时的事。

某个春天的午后。

那个人被吩咐去镇上跑腿。他买了牛肉，用竹皮包起来拎回家。来到锅仓山的山脚，就要进入中学后面的小径时——

有一只可爱的兔子在路边蹦蹦跳跳。

因为这情景很稀罕，那人便停下脚步，看了一会儿。

结果兔子跳到路边来，朝着那人不停地伸出前脚，就好像伸手在捞，想要他手中的牛肉包。兔子不可能想吃牛肉，所以那人把肉包严实地揣进怀里，再次看兔子。

结果兔子用两只后脚直立起来。

他从来没有看过兔子用两脚站立，因此看得目不转睛，结果不知不觉间，兔子竟绑了条小姑娘穿的那种红色围裙，而且不晓得从哪里拿出白手巾，盖在头上，跳起舞来。

那人看傻了。

兔子本来在路边跳舞，注意到时，已经爬到附近的树枝上跳着，但一回神，看起来又像在眼前舞蹈。渐渐地，他开始觉得那不像兔子，而是一只猫。

那人正莫名其妙，那奇妙的东西渐渐远离，不久后就消失不见了。

那人觉得，那应该也是狐狸变的。

一百九十九

这是才一两年前的事。

土渊村一个叫长左卫门的人去琴畑村钓鱼。

那人正在垂钓，一个女人经过河边的路。长左卫门记得那女人是从琴畑嫁到下村去的。因为是认识的人，长左卫门便打了声招呼。

女人笑了。

长左卫门也许以为女人在勾引他，得寸进尺，伸手想要摸她。结果女人呵呵一笑，后退了一点。长左卫门又伸手，女人又笑，轻巧地躲开。

长左卫门丢下鱼竿，站起来要摸女人。女人边笑边闪。长左卫门伸手，女人就逃。就这样一再反复，长左卫门追着女人不晓得走了多远。

不久后，一路追到村中的高山山津见山（*译注：原文作“サズミ山”[sazumi-san]*）的山顶，长左卫门才回过神来。

据他说，他是看见眼底下那片村中屋舍，才清醒过来。

结果那女人也渐渐不像女人了。那不是女人，怎么看都是只狐狸。没多久，狐狸便往另一头的萱山那里逃去了。

据说，其实长左卫门在山里追了狐狸三天三夜。累得半死的长左卫门回到家后，病了好一阵子。

这是本人说的。

一百九十三

远野的城山底下的多贺神社一带住着狐狸。

这狐狸会在市集的日子现身，诓骗买鱼回家的人，偷他们的鱼。

绫织村有个男人，每回都被这狐狸所骗。

有一次，那个人一手抓着盐块，经过这座神社前面。结果应该在家里看家的老奶奶竟然在那里。老奶奶说：

“你太晚回家，我来接你了。”

然后伸手说：

“喏，鱼拿来，我替你拿回家。”

那人忍不住起疑，用力抓住老奶奶的手，不容分说地把盐巴塞进她的嘴里，然后回去了。

据说那人下次再经过时，山上传来狐狸的声音说：

“塞盐的来了，塞盐的来了！”

二百〇五

远野町上通有个叫菊池伊势藏的工匠，承包了土仓库的建筑工程，到土渊村的似田贝去上工。

工程很顺利，终于到了上梁的日子，举办了上梁仪式。

工匠们吃得酒足饭饱，踏上归途。

伊势藏也喝得醉醺醺的，拎着包回家的菜，和工匠伙伴及帮忙的政吉爷等人一起走回镇上，途中经过八幡山前。

也许是喝了酒，胆子大了，伊势藏说：

“听说这里从以前就住着一只聪明的狐狸，要是真的有，就叫一声来听听吧。叫的话，就把这鱼送给你吃。”

然后逗弄地甩了甩宴席上的菜肴。

结果附近传出狐狸的叫声。

狐狸叫了三声。似乎是从路边的林子里传来的。

啊，真的有耶，伊势藏开心地说。

然后他猖狂地说：

“可是我不给你。想要的话，自个儿来偷吧。”

同行的政吉爷制止说不可以这样，但伊势藏撂话说狐狸偷得走就试试看，经过了林子。

“哼，区区狐狸，怎么可能骗得了我。就算是这点菜肴，拿回家去，也是可以全家老小吃一顿的。”

伊势藏就是不肯收敛。不过虽然嘴上说得威风，但他也醉得差不多了，脚步东倒西歪。因为看起来很危险，朋友们便搀扶着他前进。

不久后，来到现在的八幡宫鸟居一带，伊势藏叫大家放手，别再扶他，他要去小便。既然是要小便，那也没办法。横竖就快到镇上了，放开一下应该也无妨，众人便随他去了。

伊势藏踩着东倒西歪的脚步，进入路肩的田地。

然而他却一去不回。不管等上多久，都不见人回来。以小便来说未免太久了，众人觉得有点蹊跷，便进去田里寻找——

结果发现穿着和式礼服的伊势藏被推进水肥坑中，正半死不活。

这是当时也在场的政吉爷亲口说的。

二百〇六

政吉爷是小友村人。

这是他年轻时候的事。

某年正月三日，政吉到同村柴桥这个地方的某户人家拜年。然而返回山室自家时，走到一半，天色就开始暗了下来。

才一眨眼，四下就落入黑暗。

政吉急忙赶路，不知不觉间，有个背孩子的女人走在前面。政吉觉得女人很眼熟，却又不像。毕竟只看到背影，无法确定。

女人一边走，一边时不时摇晃背上的孩子。

那孩子也三不五时地哭泣。

究竟是哪一家的谁呢？政吉寻思，却想不起来。如果是陌生人，乱招呼也不好，因此政吉加快脚步，然而就是赶不上女人。不管走得再怎么快，都无法超过前面的女人。

这不太对劲，政吉心想。

政吉无论如何都想确定女人是谁，便跑了起来。结果女人忽然偏离道路，进入田埂。当时下着雪，路况很差，女人的脚步却一点都不紊乱，依然健步如飞，任由背上的孩子哭着。即使在没有路的地方，或是积雪处，也像是走在平地。

政吉恍然大悟：哈，这一定是狐狸。

没多久，他们进入山室的聚落。女人依然走在政吉前面。很快地，看到政吉家了。结果女人抢先政吉一步到达门口，在政吉进屋前先进入屋内了。

政吉紧接着冲进家里。一大群住附近的年轻人正聚在家里头热闹玩耍。

“喂，不是有个女人走进来吗？”

政吉气喘吁吁地问，朋友们听了都哈哈大笑，说：

“政吉，你是被狐狸给捉弄了吧？”

不是被捉弄了，而是正在被捉弄。政吉打开纸门查看。

结果浴室前真的有只狐狸。

可恨的狐狸居然装模作样地端坐着，盯着屋子的方向。

政吉大呼：狐狸在这里！年轻人纷纷应答，取出猎枪，交给政吉。政吉填装子弹瞄准狐狸，火绳的火却不知怎的熄灭了。火药的火怎么样都烧不着火绳。

这时政吉心生一计，叫来一个朋友，把枪交给他，叫他就这样瞄准好。然后自己再取出另一把枪，绕到马厩门口，从侧面射击狐狸。

一枪就击毙了狐狸。据说这只狐狸非常巨大。

这天晚上，政吉和朋友煮了狐狸锅，大饱口福。

政吉爷还有许多关于狐狸的故事，像是在小友村被骗，丢掉三条腌鲑鱼，等等，但似乎都和其他地方的故事大同小异。

二百

这是发生在海边的故事。

有个住在大槌町小字安堵的年轻人，因为有事，夜里出门上街去。

结果他在大槌川的桥头看见一个老太婆。因为从来没有看过这个老太婆，他以为是哪来的乞丐，就要经过，结果老太婆开口：

“我俩素昧平生，这实在令人难以启齿，但我的女儿害了病，我正不知该如何是好。能不能拜托你，如果你要去镇上，顺道去那里的药店买某某药给我？”

年轻人心想既然有这样的原委，那也没办法，便一口答应下来，办完事后，买了老太婆说的药，回到桥那里。老太婆就像刚才那样站在原处，也许是一直在外头等着。

年轻人交出药，老太婆非常开心，说：

“我家就在附近，请务必来坐坐。”

年轻人顿时好奇这古怪的老太婆住在什么样的地方，便跟了过去。

然而老太婆不是进入屋子，而是钻进岩石之间的隙缝。年轻人诧异极了，但里面的房间相当宽敞，还铺着榻榻米等，虽然简朴，但家具设备一应俱全。贫穷但十分整洁。

据说生病的那女儿也躺在角落。年轻人进去以后，她便娴静地起身致意。那模样说不出的娇弱梦幻，虽然脸色苍白，但身形娇小，眼波流盼，是个极美的姑娘。

那天晚上，年轻人受到百般款待，愉快地坐了一阵子之后回家了。

回家以后，年轻人对那姑娘念念不忘，魂不守舍。不论是睡是醒，满脑子都是姑娘的倩影。因为怎么也忘不了，隔天晚上年轻人又去了岩缝里的屋子。

愈是见面，思慕就愈深；思慕一深，又忍不住要见面。

年轻人开始每天晚上前往那里。

随着用情渐深，年轻人也愈形憔悴，成了半个病人。

朋友们都发现年轻人的变化，担心地问东问西。

因此年轻人说出自己爱上乞丐女儿的事。朋友们听到这话，更加担心了。因为这实在太可疑了。但年轻人似乎已经为那姑娘痴迷，怎么也劝不听。朋友们说：

“既然如此，我们去确定一下那是个怎样的女人，如果有什么不对劲，我们会为你设法。所以带我们去那里吧。”

年轻人没办法，当晚带了两三个朋友到洞窟去。

因为突然来了这么多访客，岩洞的母女露出为难的样子，但还是端出茶点招待。

不过朋友们还是有些怀疑。

就算再怎么贫穷，住在洞窟里也太奇怪了，而且情况也不太对劲。一个朋友没有吃掉端出来的点心，偷偷收进怀里带回去。因为他曾听说一晚过去，食物变成树叶的事。

但是到了隔天，点心还是真正的点心。

没有怀疑的余地了。隔天晚上，年轻人又去了岩洞。

结果——

姑娘对年轻人郑重告白：

“其实我们母女不是人。”

接着她说，“如果你知道事实，一定也会弃我而去。”哭着说出自己的真实身份。

“我们母女是狐狸。以前我们居住在明神神社的境内。我的父亲前些年被人杀了，后来我们母女俩便搬到这处洞窟，过着这样的生活。”

但是这时候，年轻人对姑娘的用情已经到了不管她是不是人的地步了。听到姑娘的表白，年轻人对姑娘的爱意依旧不变。他不可能放弃。因此他说出自己的真心。姑娘说：

“不，继续这样下去，我的身子只会愈来愈差，你也一样，继续过来，一定会遭到同侪排挤。一定会的。既然如此，趁早分手，才是为了我俩好。”

然后把恋恋不舍的年轻人推出屋外，硬把他赶了回去。

年轻人无法接受。

后来他仍旧无法忘情于姑娘。不论是睡是醒，都想着那姑娘，什么事都没法做。而无法见面，思慕之情反而更深，结果年轻人又去了岩洞。然而他怎么样都去不了。

因为他找不到洞窟的入口了。

这——

表示那姑娘已经死了吧，年轻人悲伤极了。

不，他现在似乎仍为此哀痛。说出这件事的人说，这并非以前的事，而是近年才发生的。

那名年轻人，是来过远野许多次的退伍军人。

二百〇三

远野的元町一户姓和田的人家，有个叫勇吉的长工。勇吉是上乡村人。

有一天，勇吉走路回老家。

事情发生在他来到镇外的莺崎时。

土桥上有一只狐狸。狐狸专心地盯着河面，不知道在看什么，好像完全没发现有人靠近。勇吉忍不住想要恶作剧，蹑手蹑脚地靠近狐狸——

突然“哇”的一声吓唬它。

狐狸跳得老高，倒栽葱地摔进河里，就这样游水逃走了。

那滑稽的样子逗得勇吉哈哈大笑，他边笑边继续往前走。

走了一会儿后，路一下子变得漆黑。不是太阳西下，或是乌云罩顶。怎么看都是入夜了，但距离天黑还早得很。

——这太奇怪了。

勇吉心想要是不提防点，不晓得会遭什么殃，认为小心谨慎，冷静观察，才是上策。因此他决定在路边的草地坐下来休息。

结果有人经过说：

“喂，你在那里做什么？难道是被狐狸耍了？我陪你，咱们一起走吧。”

原来如此，看在别人眼中，天色好端端是亮的吗？那么自己果然被耍了，勇吉庆幸自己没有鲁莽前进，便接受了那人的提议。有人结伴同行，就可以放心了。

走了一阵子以后，勇吉开始觉得全身莫名发冷。

他觉得奇怪，仔细一看，自己竟然走在水中。

全身湿淋淋的，而且怀里还被塞了马粪。

同行的人也老早就不见了。据说当时勇吉一个人走在吓唬狐狸、害狐狸落水的河里面。

二百〇四

这是大正十年十一月十三日的《岩手每日新闻》上的报道。

小国村前方的和井内这处聚落，深处有个矿泉，一名六十七岁的老人石馆忠吉在那里守泉。

报道说是上个月七日的事。

夜半有人敲门，已经入睡的石馆起床一看，发现六名手持猎枪的男人站在门口，枪口对准了石馆威胁说：

“拿出三百圆，否则要你的命。”

石馆吓死了，把身上所有的钱连同钱包一起交出去。

钱包里有三十五圆六十八钱。男人们说：

“这一点哪够？无论如何都要给我拿出三百圆来，否则一枪毙了你。”

然后六人同时把枪口对准了石馆。他们的手指扣在扳机上，随时都会开枪，因此石馆大叫：

“杀人啦！”

然后拼了命地拔腿狂奔。石馆在恐惧驱使下，连滚带爬地跑到和井内的聚落，通报村人。村人一听出事了，全都脸色大变，驻在所巡查不必说，从消防员到青年团，全都成群结伙地赶往矿泉。

然而当大批人马赶到时，六名强盗已经不知去向。

可惜，人已经跑了吗？众人检查小屋里面，奇怪的是，石馆刚才应该交给强盗的钱包掉在被窝上，三十五圆六十八钱也原封不动地收在里面。

这太奇怪了，众人更仔细查看，发现四下全是狐狸的脚印。石馆储藏在家中的鱼，连白饭都被吃得一片狼藉。众人见状都哈哈大笑：忠吉爷被狐狸给耍啦！

这件事的四五天前，石馆老人曾经拿生松叶熏附近的狐狸洞，抓了一只被熏出来的狐狸。村人都说，这八成是那狐狸的亲属来报仇了。

二百〇七

这是距今五六十年前的事。

桥野村有个男人，带了同伴到初神山去烧炭。

他带去的同伴在村里有个情投意合的女人，从搭小屋的时候就不停地聊女人，在炭窑也不断地炫耀女人。

然而某个晚上，那个女人忽然来访烧炭小屋。

女人用条纹方巾包了豆腐带来，因此三个人一起享用，然后女人就这样留在烧炭小屋过夜。虽然很怪，但总不能要女人走夜路下山，也不能叫她睡在户外，因此只好中间夹着女人，三个人一起睡了。

跟女人相好的男人先睡着了，那人却迟迟无法入睡。渐渐地，也许是饱暖生淫欲，那人悄悄地把手伸向身旁的女人，抚摸她的身体。

结果。

他摸到满手的毛，多到吓人。

没有人体毛多成这样的。那人缩回手，心脏突突乱跳，维持原来的姿势，静观其变，但最后还是下定决心爬起来，取来柴刀，砍死了正在睡觉的女人。

女人被柴刀刺中，叫了声："你做什么！"便断气了。

另一个男人大吃一惊。他暴跳如雷，骂道：你是有什么深仇大恨，居然杀了我的女人？气呼呼地说要立刻下山告发他。那人安抚同伴说：

"不，先等到明天白天。这女的绝对不是人。"

但这种说辞不可能说服得了对方。女人依然是女人的死状。那人渐渐不安起来。如果她真的是人，那么他就成了杀人凶手。他正在担心，天渐渐地亮了，朝阳射进小屋里来。

然而女人依旧是人形。

同伴暴怒，骂着“杀人凶手”，就要离开小屋去告发他。那人也拼了命，说着“再等会儿、再等会儿”，挽留住同伴。

结果。

死人的面相渐渐开始崩解，一眨眼就变成了野兽的相貌，最后尸体露出了老狐狸的真面目。

两人这才大为惊骇。

女人是狐狸没错，那么他们吃的豆腐是什么？女人带来的包袱巾还留在原处。

两人哑然，暂时下山返回村子，寻找包袱巾的主人。

结果他们得知昨晚桥野某户人家办了婚礼。在桥野一带，当地习惯婚礼时带豆腐去庆祝。有人带去的豆腐连同包袱巾一起不见了，正在纳闷是怎么回事。他们取出包袱巾，据说就是那消失的贺礼。

二百〇八

据说这是近几年的事。

一个住在小国村的二十二岁男人和十八岁的年轻人，结伴一起去山中钓场钓嘉鱼。那条河的流域有牛牧场的小屋，管理员与两人平素相识。两人打算当天就不下山，直接在那里过夜，便悠闲地垂钓。

但两人还是决定在天黑以前过去，便在适当的时机结束钓鱼，傍晚进入小屋。然而管理员不在，下去村子了。

“哈哈，我听说这小屋最近有心术不正的狐狸出没恶作剧，让人十分头大，我想老大他是害怕狐狸，今晚也逃到村子去了吧。”

两人这么笑着调侃。然后生起火堆，将钓到的河鱼串起来烧烤，当成晚饭。

结果。

小屋外头传来可爱的猫叫声。

“要是狐狸出没，就算是猫，也是一分力量，叫它过来吧。”

两人说，唤道：小猫，过来呵。结果猫叫声慢慢地往小屋靠近，最后猫从入口探头进来。

是一只可爱的小黑白猫。

来来，两人把猫招进屋中，给它鱼吃，还摸它的背，把它哄得喉咙咕噜咕噜响，非常可爱。这猫很亲人。

“好，今晚可别乱跑啦。”

虽然这么说，但猫不可能听人的话，所以他们用绳子做成两个环，套住猫的左右前脚，系在小屋木柱上。

但有东西吃时，猫还乖乖地吃，然而一吃完，猫就闹着要离开小屋。它挣扎不从，就是要出去。

年纪大的男人也许是个急性子，见状骂道：

“这个忘恩负义的畜生！”

随即抓起从腰上解下来搁着的柴刀，一刀砍下去。

猫的肩膀被砍了，但绳子也一起被砍断，所以它就这样逃出小屋，消失在竹丛里。年轻人露出吃不消的表情说：

“你下手也太狠了。但我听说猫这种生物要是没有杀干净，以后会来作祟。既然都让它受了重伤，那也没办法了，最好确实宰掉它。”

于是两人在竹丛里找到奄奄一息的猫，用尖竹子和柴刀给了它致命的一击。

虽然不知道为什么要这么做，但两人用绳子绑起猫尸，吊在小屋门口睡了。

隔天早上两人醒来，看见吊在屋檐下的猫尸，玩笑地说“嗳，真可怜，但既然变成这样，也是没办法的事”，聊以解嘲。

这时管理员进来了。他说：

“啊，你们替我把这头狐狸给宰了吗？哎呀，这狐狸真的很糟糕，不晓得给我添了多少麻烦。多谢两位啦。”

两个年轻人目瞪口呆说：

“你在胡说些什么？哪里有狐狸？那是只小黑白猫啊。”

他们走出小屋一看，吊着的猫尸居然变成了大狐狸。

这是土渊村一个叫铁藏的年轻人听说的事。

一百七十四

这是距今八十年前的事。

远野诸侯家有个家臣叫是川右平。

某个冬季夜晚，主人右平带孩子去剧场看戏。家里只留下夫人一个人，一边看家，一边在炉边做针线活。因为正值寒冷时节，家里养的虎斑猫也偎在夫人身旁取暖。

结果。

猫突然开口：

“夫人，您一定很无聊吧？”

是人的声音。

猫说：

“我来表演老爷们正在观赏的净琉璃（译注：日本传统说唱艺术，以三味线伴奏）说唱给您听听。”

接着便以清朗的声音唱了出净琉璃。夫人吓到连话都说不出来，猫说：

“此事不许告诉任何人。”

不久后，主人和孩子回来了，这时猫已经一脸若无其事地在打盹。夫人因为害怕，不敢作声。

成就院这座寺院的和尚是是川右平的棋友。

有一次，那和尚到是川家来闲话家常，忽然看见在右平旁边打盹的虎斑猫，便说：

“啊，就是这猫！”

这猫怎么了？右平问，和尚说：

“前些日子的一个月夜，一只狐狸跑来我寺院的庭院，不停地跳舞。我偷偷看着，结果这狐狸自言自语说，虎子大人不来，实在跳不起来。没多久，一个头上披着红手巾的虎斑猫跑来，这回一猫一狐一同跳起舞来。但它们说今晚实在不来劲，到此为止吧，然后就离开了……”

和尚说，当时的猫就是这只虎斑猫。

听到这话，夫人忍不住拍膝。这只猫果然是只妖猫。

当天晚上。

和尚回去以后，夫人便把前些日子猫表演了净琉璃的事告诉右平。

隔天早上，夫人迟迟没有起床。因为太晚都不见人影，右平觉得奇怪，前去查看——

发现夫人死在卧室。

喉咙被咬断了。

虎斑猫也不晓得跑去哪里了，再也没有回来。

一百七十五

这是明治以后发生的事件。

下组町一户姓箱石的人家，女儿出嫁了。女儿在夫家生了孩子，却死于生产。父亲觉得可怜，把外孙从女儿的夫家接过来扶养。

一天晚上。

身为外祖父的箱石就像平常那样抱着婴儿哄他入睡后，一起睡了。然而早上醒来一看，怀里的孩子不见了。

他惊慌地四下张望，发现婴儿死在房间角落。仔细查看后，发现是被家里养的虎斑猫给咬死的。箱石悲恸愤怒，决定把虎斑猫抓去警局，要警察宰了猫。

然而为时已晚，虎斑猫不晓得逃去哪里，早已不见踪影。

后来有人说在爱宕山看到，但不知真假。

当然，猫也没有再次现身于箱石面前。

一百八十六

这是距今二十年前的事。

宫古地方山中有个聚落，只有五户人家，那里举办了婚礼。

然而到了婚礼之日，主家的老爷却临时有急事，必须到宫古去。

婚宴晚上开始，老爷决定在那之前赶回来，出门去了。

然而老爷却一去不回。老爷不在，就不能办婚礼，因此家里派人去接，但一时半会儿也回不来，众人望眼欲穿，一直等到深夜。

结果那户人家养的两只狗忽然凶猛地狂吠起来。众人正奇怪怎么了，只见主家的老爷踹破门口进来了。

众人都讶异出了什么事，但总之老爷总算回来了，便急忙准备婚礼。

然而备好餐点，才刚开始传酒盏，老爷便狼吞虎咽吃起来。连半句吉祥话也没有。老爷就好像被什么给附身了似的，急急忙忙地塞进菜肴，说：

“我不能再坐下去了。明天还得去宫古处理山林买卖，我要过去了，现在就过去。”

然后站了起来。

婚礼还没有结束——不，根本都还没开始。

每个人都感觉，老爷从进屋以后便一直不对劲。而且他的言行实在太反常了。

众人互使眼色说：

“既然如此……”

他们将老爷送出门口，随即喝令两只狗上前。老爷被狗吓破了胆，居然钻进地板底下躲起来了。没有人会做这种事。年轻人掀开地板，甚至把附近人家的狗也带来，放进地板下。

没多久，老爷就被狗群从地板底下拖了出来。

仔细一看，原来是只大狸子。狸子已经被狗咬死，断气了。

在这场骚动中，真正的主家老爷也回来了，因此重新来过，顺利举行了婚礼。

一百八十七

上乡村小字板泽的曹源寺，后山上有一座祠堂叫貉堂。

这座曹源寺曾经有段时期没有住持，寺院也变得十分荒芜。也有怪物出没的传闻，无人愿意接下住持一职。

当时一名云水僧来访这块土地，借住于曹源寺附近一个叫清水市助的人家里。因为有云游各地的和尚前来，村里的人觉得稀罕，便都跑来聆听旅途上的见闻。说着说着，谈到村子的空寺有怪物出没的事。村人说没有人想当住持，实在困扰，和尚便说：

“那么贫僧去瞧瞧。”

隔天晚上，和尚到寺院查看，应该无人的寺院却躺着一个男人，打扮像寺院打杂的仆役。和尚觉得奇怪，但认为在看清楚真面目之前不能轻举妄动，当晚遂直接折返了。

隔天晚上再次去看，一样躺着同一个男人。

不管怎么看都很怪。和尚确信这家伙就是怪物，怒目瞪视睡着的男人。

结果睡着的仆役察觉视线醒过来，坐起来说：

“既然被识破了，那也没办法。实不相瞒，我是久居此寺，吃掉七代住持的貉。”

男人一说完便使出幻术，重现释迦如来在檀特山说法的景象让和尚见识，还将寺院周围全部变成了湖泊。

但和尚没有被他的幻术所迷惑。

貉爬到本堂屋顶上，被和尚的法力切成九块掉了下来。

从此以后，寺院的怪事就停了。

貉堂好像就是祭祀那貉的。

此外，曹源寺的山号叫滴水山，据说与当时貉所施展的幻术有关。从此以后，曹源寺香火鼎盛，直至今日。

一百四十三

住在小友村的松田留之助，祖先是葛西家的浪人（译注：失去主家的武士），名叫铃木和泉的武士。

虽然当家是无主武士，但据说是极为富贵的人家。

有一次，铃木和泉佩着家传宝刀去远野町。办完事回家的路上，和泉坐在小友岭的石头上暂时休息，刀子也搁在一旁。

然而出发的时候，他把刀给忘了。

回到家后他发现腰间空空如也。

那把刀是传家宝。再说，武士居然把佩刀忘在别处，是莫大的耻辱。

如果是忘了，那么一定是放在坐着休息的石头上。

因此和泉立刻派遣下人去取刀。下人急忙前往山岭，发现石头上盘踞着一条可怕的大蛇，根本无法靠近。

下人无计可施，空手而归，把这件事告诉主人。

铃木和泉无可奈何，只得亲自出马。不能为了一条蛇就放弃宝刀。

结果。

石头上就只摆着那把刀子。下人以为是蛇的，其实就是宝刀。

据说那是二代藤六行光所打造的名刀。

一百四十二

金泽村的佐佐木松右卫门家里，有一把传家名剑月山。

俗称双月山（*译注：原文为“つきやま月山”[tsukiyama–gassan]，即月山的训读加音读读法*）。

有一次，这户人家的主人到仙台的时候，身上带的钱不够付客栈钱，不得已只好拿随身携带的这把刀做抵押，回家去了。

结果主人回家以后，这把刀变成了红蛇，自己回来了。

一百四十四

这是明治维新时期的事。

有个远野藩士是个大酒鬼，一喝醉就会随地躺下来睡。

那个人有一次来到松崎村金泽，一如往常，又喝到醉倒，趴在猿石川的岸边睡着了。当地人见状想要恶作剧，靠了上去，结果——

发现有条红蛇在那人周围爬来爬去，吓得不敢靠近。

没多久那人醒来了。瞬间蛇变成了刀，佩戴在武士腰间。

那名武士的佩刀，应该也是来头不小的名刀。

一百七十九

下组町一个叫市平的老爷子，有一次到绫织村小字砂子泽的山里捡栗子。

市平努力地捡栗子。

捡着捡着，不知怎的他困得不得了。睡意极强，市平感觉就要昏睡过去，因此用力伸了个懒腰。

有蛇。

栗子树上有条大蛇正瞪着他，虎视眈眈，准备一等他睡着就要把他吃掉。

市平吓得魂飞魄散，头也不回地逃回家了。

一百八十

几年前。

栗桥村有个聚落叫分之长根。

那里有户姓开曾（*译注：原文作“ヒラクゾ”[hirakuzo]，无汉字*）的人家，女儿到田里拔草。但明明只是在拔草，女儿的表情却十分开心，还不停地自言自语。

一起去拔草的人觉得奇怪，留神一看，发现地面长出像木柴的东西，正要伸进女儿的双腿之间。因为太奇怪了，那人更凝目细看，发现是一条蛇，而且是一条赤链蛇。

那赤练蛇竖得就像根棒子，头就要伸进女儿的胯间。

同行的人急忙叫人，把蛇打死了。

一百八十二

上乡村佐比内河原一个姓铃木的人，一天早上到片泽这处地方去割草。

割完草回家，正准备立刻拿草料喂马时，忽然一看，割下来的草堆里竟然有蛇在蠕动。万一被咬就糟了，铃木戒备起来，但仔细一瞧，那蛇没有头，只有身体。是自己在割草的时候把头砍掉了吧。

没多久蛇就死了。

隔天早上，铃木又去片泽割草。

结果有颗大如马鞋的蛇头，眼睛睁得像圆盘似的瞪着铃木。但这次的蛇只有头，没有身体。铃木心想，这是昨天那条蛇。

被砍下来的头恨极了铃木。

铃木惊恐无比，拼命膜拜蛇头说：

“从此以后我绝对不会再踏入这处沼泽，也会盖祠堂祭祀你，请你千万别对我作祟。”

然后就这样回家了。

幸而铃木没有遭到作祟。

但几代以后，有个叫喜代人的人，认为这样的承诺是可笑的迷信，到片泽这里来割草。

结果他看到一颗像稻草槌般的蛇头，没有身体。

也许是因为看到它，喜代人患病死掉了。

现在也没有人敢进入片泽割草。

一百八十一

据说住家附近出没的蛇不可以杀掉。

因为住家附近的蛇是该户人家的祖先。

前些年，土渊村林崎一户姓柳田的人家，在自家的河岸洗涤场杀死了一条赤链蛇。

结果——家里的孩子全部得了重病。柳田认为是被蛇作祟了，求助于斋子，斋子说：

“我是你的祖父。我是希望家里一切安好，担心家里，才会在附近守望着，然而你却把我给打死了。”

柳田诚心道歉，获得了原谅。

佐佐木喜善附近的人家，也有人在该户河岸洗涤场杀了蛇，导致家中有人生病。请教耆老之后，才知道那个人杀死的蛇是他的母亲。

这类例子不胜枚举。

晦日——阴历三十

二百一十六

这是佐佐木喜善小时候的事。

佐佐木家附近有两户人家养狗。

一只又小又虚弱，另一只虽然主人家很穷，狗却身强力壮。

这两只狗很要好。

每当有人把死马之类的丢到附近的熊野之森，村里的孩子就会跑去吃，但这只小狗很胆小，连小孩子都怕，不敢靠近，只敢躲在自家屋檐下羡慕地号叫着。也许是可怜它那副模样，这时大狗就会去森林咬下肉块，叼回来给小狗。小狗也会开心地大快朵颐。

另外，大狗的主人家本来就穷，也没有给它足够的食物，大狗总是饿着肚子。小狗也知道这情况，因此每天都会努力吃下满肚子粮食，然后去大狗那里吐出来给它吃。

对人类来说，进过肚子又吐出来的东西实在是脏到不行，但大狗都会开心地吃个精光。

村里的人都说两狗的情谊温馨极了，经常拿来当成话题。

二百一十七

这是最近的事。

土渊村和野的菊池家养的狗，一天趴在狗屋屋檐下，这时该户人家的鸡与邻家的鸡开始在旁边踢斗起来。

狗趴在地上，闲闲地看着，但一看到自家的鸡斗输了，便倏地跳起来咬住邻家的鸡脖子。

斗赢的邻家的鸡被咬死了。

二十五

这好像是明治二十年左右的事。

土渊村野崎的诸侯别墅有个叫松爷的老人，黄昏时分在家里的砍柴场劈柴。

这时一头野猪突然冲了进来。

“来得正好！”

松爷大喊，随即飞扑到野猪背上，跨骑上去。

据说松爷挖出野猪的双眼，最后把它给杀了。

二百二十三

住在青笹村飞鸟田的菊池喜助，他的祖父有一身怪力。

飞鸟田路旁的六道石塔，至少也有六十贯（译注：一贯约为三点七五公斤）重，然而据说喜助的祖父能把石塔当成小球耍，与邻家的老爷爷两人站在道路两边，相互投掷。

喜助的祖父五六十年前曾在山中遇到狼。

一般人遇到狼都会逃走，但他没有跑。不仅没有跑，当狼扑上来的时候，他反而大怒。然后反过来将狼逼到走投无路，挖出狼的眼珠子，用绳子捆起来拖回家了。

二百一十四

这是明治二十年左右的事。

小国村又角一个叫奥太郎的人到远野町去，事情发生在归途上。

来到立丸岭左右的时候，刚好天黑了。

山岭上的路被树木包围，因此更显漆黑，完全是伸手不见五指，几乎无法前行。

奥太郎生怕跌倒，小心翼翼地前进，这时对面有人过来，猛地撞上奥太郎。奥太郎被撞个出其不意，跌坐在地。他诧异是什么人，对方却闷不吭声，因此他爬起来，走了两三步，又被猛地一撞。

第二次奥太郎没有跌倒，而是紧紧抱住撞过来的人，就这样抱着对方，一路走到快一里路远的新田村。

他敲打认识的人家门口，把人叫起来，在灯光底下一看，原来奥太郎抱着的竟是一头大野狼。

众人惊恐不已，当场把狼打死了。

二百一十三

这好像是明治初年的事。

一对住在土渊村小字栃内西内的兄弟，带着三匹家里养的马，到驹木境的山上去割茅草。两个人和三匹马往山上行去，这时忽然冒出两头狼来。

因为太突然了，甚至没空拔出插在驮鞍上的镰刀。

弟弟情急之下捡起路旁的枯柴对抗两头狼。

哥哥趁机把三匹马牵至一处。然而他竟骑上其中一头，逃回家去了。要是哥哥立刻通知家人和村人遇到狼袭的事也就罢了，然而他不知道在想什么，竟没有告诉任何人。

到了傍晚，弟弟也回来了，却身负重伤，奄奄一息。

弟弟虽然总算回到家，然而手一撑到檐廊上，人就这样断气了。如果哥哥快点通知别人，或许弟弟还能保住一命。

据说当时弟弟还不到十五。

二百一十八

佐佐木喜善的亲戚里，有个以前在大槌町的小学执教鞭的人。

那个人酷爱打猎，每到打猎季节，一有空就会上山。

有一次。

他就像平常那样，拎着猎枪上山去，唯独那天收获少得可怜。那人正觉怄气，忽然听见鸟叫声。仔细一看，树梢上停了五六只悬巢。悬巢也就是松鸦，是很好吃的鸟。

——唉，就抓那些鸟将就一下好了。

那人也没深思，举枪瞄准，轻易地射下一只。

停留在树梢的鸟同时飞起，并且飞到比平常更高的上空，以极尖锐的声音呱呱乱叫。

结果——就好像回应那声音似的，四面八方的溪谷飞出数量惊人的悬巢，聚集过来。这次鸟群压得低低的，胡乱尖叫着，在他的头上纵横飞行，做出要把他踹走般的动作。

虽然早已习惯山林，但这还是他头一遭碰上这种怪事。他只有一个人，而且置身山中，不禁在惊恐之余开枪了。他认为只要吓唬一下，那些鸟就会散开。没想到鸟群不仅没有逃走，反而闹得更凶了。

——不能在这时候认输。

那个人如此决定，朝着鸟群乱射一通，直到用尽所有的子弹。子弹几乎是每发必中，脚下一眨眼就形成鸟的尸山。他射下了三四十只，但鸟群的数目一点都没有少，不仅如此，还愈来愈壮大，在头上飞行，啼叫不休。

渐渐地，子弹终于用尽了。

既然如此，那也没办法，那人匆匆拾起射下来的鸟回家。然而大批鸟群穷追不舍，他都下山了，仍缠着他叫个没完。那人终于到家了。他冲进家里，命妻子立刻准备子弹，然后找出家中所有的子弹拿来射鸟。

射下来的鸟尸散乱在庭院、田地，据说数目足足超过一百六十只。但鸟群还是没有散去，数目也没有减少多少。鸟群大军在那人的屋子周围飞来飞去，一直闹到入夜。

天色完全暗下来以后，鸟群似乎也散去了，但那惊人的声势令人瞠目结舌。

也许是被吓到了，从此以后，那人经常向人提起鸟的执念之深。

二百一十

这是大正十五年冬天的事。

栗桥村小字中村有个叫和田幸次郎的三十二岁男子，这是他去同村的羽山山脚打猎时遇上的事。

和田碰上了三头结伴的熊。

熊好像没有发现和田，慢慢地走来。和田心想万一被发现就糟了，便躲藏起来，观察熊的动向。三头熊里面，较大的两头走到旁边看不见了，但较小的一头就留在近处，也许是发现了食物，脸贴在地面，似乎在翻找什么。

和田认为这是个好机会，立刻举枪射击。

虽然命中了，但似乎没有打中要害，无法一枪毙命。不仅如此，熊还立刻回过头来，冲向和田。

和田来不及填装第二发子弹，就遭到熊的攻击，被熊扑倒在地，便赶紧装死。

熊嗅闻和田的身体各处，不知是做何打算，抓起和田的一只脚，突然用力一甩，把他扔下谷底去了。

虽然不晓得被扔了多远，但令人惊讶的是，和田一掉到地面，随即重新站起，立刻填上第二发子弹。

然后瞄准正准备悠然离去的熊，射出追击的一发子弹，成功射死了熊。

他把熊胆拿去釜石卖，据说卖了一百七十圆。

这件事上了当年十二月二十八日的《岩手日报》，报道中说是最近的事。

二百一十一

这是田滨福次郎所说的事，虽然令人难以置信，却是事实。

福次郎年轻的时候，山里住着一头恶熊，会攻击人类，作恶多端，因此只要看到这熊，村人都会毫不犹豫地攻击，但都无法将其击毙。熊只要碰到人就会遭到攻击，因此变得益发凶暴。

当时福次郎在山上整理田垄。也就是当年开垦的山坡田地收获以后，烧田整理。在土地恢复肥力以前，这田就搁置不再种植。

一天，福次郎上山去，突然这熊从木柴堆里现身，扑了上来。

那熊攻势太猛，福次郎忍不住吓得后退，情急之下，抱住旁边的大树干，飞快地爬上树去了。

他心想糟了。熊会爬树。也就是自己无路可逃了。

不出所料，熊跟着爬了上来。只能继续往上逃了。福次郎愈爬愈往上面，但熊也继续追上来。

福次郎走投无路，幡然觉悟，爬到稳固的树枝站定，抽出腰间的柴刀，一刀砍下，准备把爬上来的熊脑袋劈成两半。

但他砍偏了。

柴刀没有命中熊，而是插进了旁边的树枝。

但没想到误打误撞，因祸得福。树枝被砍断，熊也跟着一起摔了下去。熊发出一道巨响，摔到地上。

虽然摔下去了，熊却没有离开，也没有倒下，而是一屁股坐到树根处，一动也不动，就像在守株待兔。

树上的福次郎一筹莫展。

下树的话，会被吃掉。他急得祈祷熊快点死心离去，然而中午都过去了，黄昏即将逼近。随着天色渐暗，福次郎愈来愈不安。一想到熊不晓得何时会爬上来，他简直魂飞魄散。

这时福次郎忽然想到一件事。

不管再怎么顽固的野兽，从一早到这个时刻，都一动也不动，未免有些奇怪。会不会是有什么理由，让它无法动弹?

福次郎试着折了一段树枝丢下去，但熊纹丝不动。

他感觉安心了些。熊没有发现。接着福次郎砍了一段相当粗的树枝，对准熊的脑袋丢掷过去。

树枝打到熊，但结果还是一样。熊完全没有动。 福次郎想这绝对有问题，这回大声骂道：

“大笨熊！”

但熊依然充耳不闻，维持着一样的姿势。福次郎胆子更大了，提心吊胆地爬下树干去。

熊死了。

只不过是从这点高度摔下去，就能摔死一头熊吗？福次郎觉得不可思议，用力放倒尸体，仔细检查。令人惊讶的是，一根粗树枝插进了熊的屁眼。那根树枝从屁眼一路贯穿了肠子。是福次郎砍下的树枝切口朝上落下，紧接着熊摔了下来，屁眼刚好被树枝刺穿了。

二百一十二

据说这是栗桥村一个叫嘉助的人的亲身体验。

嘉助年轻的时候，和哥哥一起到山上整理田垄。

烧过的田里有一棵大树。烧田的时候不小心一起烧到了，但那是一棵巨木，因此只有表面烧焦而已。只不过树干内部好像腐朽了，外皮烧掉，露出了一个大洞。

嘉助兄弟正对那个大洞看得出神，忽然转头一看，发现就在大树不远处，有一头大熊，正用双手左右拔着小米穗。

兄弟忍不住屏息后退。

两人蹑手蹑脚地后退，总算躲到遮蔽物后方。躲藏起来后，心情也冷静了些，便探出头来观察熊的样子。大熊拔着小米穗吃了一阵子，不知道在想什么，慢吞吞地钻进枯木的洞穴里去了。

两人纳闷它怎么了，一直看着，但熊迟迟不出来。有熊在田里，也不能安心干活，因此两人继续守着。

不管再怎么等，熊就是不出来。

因为等得太久了，兄弟俩渐渐涌出了贪念。

“仔细想想，那是头好大的熊呢。”

“要是捉了它肢解，一定可以卖到好价钱。”

“可以大赚一笔吧。”

“好，就捉住它，来大赚一笔吧。”

兄弟俩慢慢地走到枯木旁，用粗木条插住洞口。如此就变得像牢笼一样，无法轻易离开树洞了。

嘉助说：

“哥，你在这里看着，我先回家拿猎枪跟长矛等家伙回来。”

然后跑走了。哥哥对跑下山的弟弟说：

“不要告诉别人，也不可以被别人发现！我们兄弟俩自己好好赚一笔！”

然后嘉助的哥哥紧盯着树洞，连眼皮都不敢眨一下，等待弟弟回来。

一会儿后，嘉助扛着长矛和猎枪回来了。

兄弟俩各自手持武器，折回大树前，准备对准树洞，插入长矛并开枪时——

地面剧烈地摇晃起来。

是大地震。

兄弟俩吓得从大树旁跳开。刹那间，大树发出噼里啪啦的声响，连根倒下。中心似乎完全烂掉了，倒下的声音并不大。

地震很快就停了。

粗木条已经掉了。万一猎物趁机跑掉就糟了，因此兄弟跑近横躺的树洞，用长矛和猎枪对准洞穴，等待熊出来。然而不管等上多久，熊都没有现身。

当时嘉助年轻气盛，实在是等不下去，竟鲁莽地带着武器钻进树洞里。

然而洞里空无一物。别说大熊了，连只小狗都不见。不管怎么找，都没半点踪影。嘉助没办法，爬出洞来，质问拿着猎枪站在那里的哥哥说：

“哥，里头什么都没有啊。我回家的时候，你没有看紧对吧？你让熊跑掉了。”

哥哥愤慨不已：

“胡扯！我连眼皮都没眨一下，盯得死紧，哪可能让熊跑了？”

“那熊跑去哪里了？”

兄弟俩争执起来。两人吵了一会儿，忽然往山边的岩石上一瞥，发现刚才的熊就瘫倒在那岩石上。

“咦，居然在那里！”

“不快点开枪，会让它跑了的！”

两人叫骂着“快快快”，熊却一动也不动。

因为太安静了，两人战战兢兢地靠近一看，发现熊已经死了。

是地震的时候，巨木倒下，钻进枯树深处的熊被冲击震飞，射出中空的树干，飞到对面的山，撞到岩石而死掉了吧。

怎么听都很离谱，但这是真实发生的事。

二百〇九

这是昭和三年九月十五日听到的事。

据说是当时两三天前的事。

转述这件事的人，有个邻居叫阿鹤，这是阿鹤的妻子的遭遇。阿鹤的妻子还很年轻。

妻子那天上了山，分开比自己还高的茅草前进，结果冷不防遇上了大熊。妻子大吃一惊，但熊好像也吓了一跳，怔在原地，紧接着扑了上来。

毕竟那熊比人要高大太多，被这样一扑，妻子无从招架，往后倒去。但她也无法逃跑，认命地以为自己就要完了，便以倒下的姿势躺在原地，一动也不动。

大熊静静地靠近妻子，再三抓握她的手腕和脚踝。

妻子奇怪大熊要做什么，仍静静不动，结果大熊摸起她的乳房和肚子来，全身上下四处摸索着。

然后观察她的呼吸。

妻子以为随时都会被咬、被撕烂，吓得魂都飞了。然而没有多久，大熊不晓得在想什么，扛起妻子的身体朝溪谷扔了过去。但妻子还是没有叫，忍了下来。

妻子任凭被丢出去，一声不吭，一动不动，大熊总算转身背对她，悠然离开了。

一百二十八

这是三四十年以前的事了。

小友村有个古怪的中年男子。

据说那人不管怎么看都像个白痴。

那人会手捧黑色佛像，念诵：

“面能面能（译注：原文为“めんのうめんのう”[mennou mennou]，无汉字）……”

并为人占卜凶吉。

二百二十四

从前。

土渊村小字厚乐一带，有个衣着高贵、年约四十的武士带着一名随从经过，看到茶店，便停下来休息。

当时正值中午，武士用炉火烤着自己带来的饭团，又点了鱼，串起来烧烤。

这时茶店有四五个村人。

其中有个大粗人大下万次郎。

万次郎冷不防抢了武士的饭团，大口吃个精光。接着伸手拿了烤鱼串，一样吃掉了。这过分的行径令武士张口结舌，但他很快地涨红了脸，暴跳如雷，不容分说地拔刀砍向万次郎。

这是理所当然的反应。

但没想到万次郎迅速闪开，抢走了武士的刀，拿到基石上狠狠地敲打，把刀子都给砸弯了。

接着万次郎把武士骂个狗血淋头。

这实在是欺人太甚，但武士没了佩刀，也束手无策。也许是认为跟低贱之辈对骂计较，也只是更自取其辱，便灰头土脸地离开了茶店。

这个武士好像是盛冈藩的藩士，但可能也没脸将佩刀被农民抢走的事说出去。万次郎也没有受到责罚，后来仍若无其事地继续过日子。

二百二十五

土渊村有个叫治吉牛蒡（*译注：原文“ゴンボ”[gonnbo]来自日本东北方和北海道方言“挖牛蒡”，意指爱强词夺理，或喝了酒之后无理取闹的麻烦人。因为要挖出深埋地底的牛蒡非常麻烦*）的男人。

在远野乡，牛蒡指的是爱发酒疯的人，或爱骂人的无赖。治吉这个人个头硕大，面相也很凶恶，是个肌肉发达的魁梧男子。

治吉在市集的日子，到远野町一家叫建屋的酒店喝酒。这时来了一个面貌严肃的武士。那武士带了一名随从，斜背着一只包袱，穿着泷纹（*译注：日本传统花纹，粗直条旁并排着数条愈来愈细的直条纹样*）和服裤裙，身形高大，一看就像在进行武者修炼。

武士说他来自气仙。

治吉一看到那模样，便大言不惭地说：

“我才是本乡首屈一指的武术高手。怎么样？咱们来比试一番吧！”

治吉只是随口说说罢了。他是个如假包换的农民，连剑术的剑字都不会写，只是酒后乱夸海口，然而对方似乎当真了，说：

“没问题。”

然后开始从家臣携带的行李中挑选武器。治吉看到对方来势汹汹的样子，内心悄悄讶异，但已骑虎难下。

治吉有了今日就要命丧此地的觉悟。

然而武士要家臣拿出来的，却是一把木刀。木刀总比真剑好，但治吉手无寸铁，也不可能打得过。不过若是有武器，那就另当别论了。

于是治吉确定地问：

“就像你看到的，我身上没有武器。我随便弄样家伙来使，可以吗？”

武士答道：

“要挑什么都请便。”

治吉到酒店后头寻找武器，顺道小解。他一边撒尿，一边四下张望，看见地上有根约五寸粗的木材。治吉抓起木材，打算拿它狠狠教训一下武士，遂绑好和服衣袖，折回原来的地点。

另一方面，武士正在酒店高谈阔论。嚣张的农民跑到屋后就不回来了。因为人一直没回来，武士认定他一定是跑了，正嘲笑说：小子只会乱夸海口！

这时治吉一脸凶相，挥舞着五寸粗的木材现身了。

看到治吉那骇人的阵仗，武士大惊，内心狼狈不堪。治吉迅速地瞧出他的想法，并看出现场是什么状况，甚至还估量出对方的斤两了。看上去很有一手，但他估计这武士其实外强中干。

“好啦，武士，听你在那里说大话，但用木刀就没意思了，拿真剑上吧。”

治吉轻松地把木材高举头顶旋转。武士把木刀丢到地上，说：

“不，大师，这场比试还是算了吧。”

完全怯战了。

治吉不应话，武士便说“那在下买酒请客吧”，买了五升酒递给治吉。治吉更加瞧不起武士，说“不，无论如何，我就是要跟你比试一场”，更可恶地耍起威风来。

武士信以为真，一个劲地赔罪，然后带着家臣偷偷摸摸地溜走了。是真心怕了吧。

击败了堂堂武士，还免费喝了五升酒，据说后来治吉更加不可一世，老拿这件事说嘴。

一百〇八

土渊村小字山口有一户姓石田的人家。

石田家本来很有钱，有许多稻田和农地，但家中男丁都不爱务农，经常把田地丢着不管，因此稻田和农地都逐渐荒废，处理不了，便卖给别人了。结果石田家成了全村最穷的人家。后来连房屋都变卖，不得已搬到山上，勉强盖了栋小屋，现在住在那里。

不爱务农的石田家，男人们总是蓬头垢面，眼神也炯炯锐利，看上去就像山男。

夏季的禁猎期间，他们会在河里捕鱼，此外则是猎捕鸟兽为生。他们熟练地操作自制木弓，即使是小鸟之类，也能轻易射落。他们以此补充粮食过活。

从那里分家出去的次男，也一样靠着打猎为生。

一百三十三

上乡村大字板泽的太子田，以前住着一个富翁仁左卫门。

同样上乡村的佐比内，住了一个富翁羽场藤兵卫。

有一次，羽场藤兵卫大发豪语说：

“我可以把米袋一路排到横田镇上。”

于是仁左卫门也夸口：

“那我可以把金币一路排到横田镇上。”

仁左卫门为人如此海派，然而凡事都是有天命的。

这名富翁竟在一夜之间没落了。

某年春天。

仁左卫门为了给水田施肥（*译注：原文为“苅敷”，是一种传统施肥法，在春夏期间，将山林砍来的杂草树枝、稻壳麦壳等铺到水田*），动员年轻人到自家山上去割草。于是大批人马上山去了。

说到那队伍有多长，据说出发的马都已经走到五六町远的切悬长根去了，后面的马还没有从马厩里出来。

一行人排成一条长龙爬上山去，年轻人开始割草。但还没有割到需要的量，就下起骤雨来。原本以为雨一下子就会停了，没想到一转眼愈下愈大，成了大豪雨。这样实在没办法在山里干活，因此年轻人们没有把草捆上马，而是牵着空马下山回到大宅。

仁左卫门见状大怒。

“在俺家，从来没有人把货物从山上运下来之前就回家的，也从来没有去割草却牵着空马回来的。要是在俺这一代闹出这种事来，岂不是要我世世代代丢脸？”

仁左卫门斥责年轻人们，要他们在大雨中折返。

年轻人们再次前往山里，但天色暗了下来，雨势也愈来愈强，实在无法上山。众人没办法，只得把马系在大平的河岸，当晚借住在附近人家过夜。一晚过去，早上到河岸一看，马全不见了。一夜之间，河水暴涨，大水把所有的马都冲走了，一匹也不剩。

据说从此以后，仁左卫门富翁家便走向灭绝。

二百二十八

这是一个姓岩城的人说的，据说是他壮年时期发生的事。应该是距今约四十年前的事。

附马牛村小字大泽有处溪谷叫砂泽。

这溪谷前有栋屋子。

该户人家的老爷子有一次到砂泽去干活，却被大蛇给吞了。

幸好老爷子腰上插着镰刀，一并被吞下去，因此用镰刀割开了蛇的嘴唇。

蛇死掉了，老爷子也设法从蛇肚里爬了出来。

回到家后，老爷子说出这件事，一下子传遍了全村，许多村人都赶到砂泽去一探究竟，发现砂泽真的死了一条巨蛇。

几年以后。

砂泽一带长出一片外形像银茸的饱满菇类。

老爷子到溪谷去采菇，想要煮来吃，结果听到声音说：

“添油、添油。”

溪谷有几个洞窟，声音似乎是从里面传出来的。

老爷子把这话理解为煮菇的时候要放油。

他照着那声音说的，加了油之后煮来吃，非常美味。

聚在居酒屋的年轻人听到这菇的事，跑到砂泽去看，发现长在那里的菇实在漂亮，便立刻采了煮来吃。

结果十个人里面，有九个人当晚就死了。

原来那是毒菇。只吃了一点点的人也病了三天。

据说老爷子完全没事。

二百二十七

附马牛村一个姓阿部的人，据说他的祖父向旅人学到偷窃秘术，是个妙手神偷。不过他从来不对附近街坊下手，而是去远地行窃。上了年纪以后，便回家隐居，安分守己，但无事可做，每天都无聊得发慌，因此都会在附近年轻人做稻草活时凑过去，生动有趣地描述自己的当年勇，聊以排遣。

听起来完全像在吹牛，但这个老爷子绝非常人。

一天晚上。

老爷子炫耀完自己的事迹，回去以后，马厩忽然吵闹起来。一名年轻人前去查看，发现木门上的横木绑了几条兜裆布，随风飘扬，而马见状受惊，嘶叫不已。

奇怪，究竟是谁干的？纳闷的年轻人定睛一看，发现自己的兜裆布不见了。不仅如此，在场所有的人的兜裆布都被偷了。当然，下手的是阿部的老爷子。老当益壮，他就是个如此高明的神偷。

此外，这个老爷子还很擅长一种神技，他可以在前院竖起两根竹竿，彼此相隔三四间的距离，跳过前面的竹竿之后，立在下一根竹竿顶上。那不是木桩，而是竹竿，因此非常高，而且竹竿本身很细，这实在不是寻常人等办得到的。

虽然上了年纪，竟还能有如此高强的身手。据说他的口头禅是

“人要变成蜘蛛或青蛙，随心所欲”。

临死之际，他的眼睛看不见了，但他说：

“我还健康的时候，瞒着别人的耳目做了许多坏事，现在看不见也是应该的。”

他是距今七八十年前的人。

老爷子的师父，漂泊的神偷，似乎传授了老爷子一本写有神偷心法的卷轴，据说它埋藏在附近的熊野神社的境内。

二百三十一

明治维新时，世上发生过许多令人感慨的事。

被天皇军击败的德川家诸侯离散各地，据说也逃到了远野一带。

一天，美丽的贵族小姐一行人流落至村子里来。

据说那小姐年纪不到二十，美若天仙，连画里的美人都望尘莫及。

小姐坐在轿里，跟随的轿子坐着稍有年纪的女侍，其他还有六名护卫的武士、四名年轻随从、两名医僧。

村里的年轻人自告奋勇帮忙抬轿，陪伴了小姐一段路程。

佐佐木喜善的祖父也是被雇去抬轿的人之一。

小姐在轿中不停地哭泣。

但是在啜泣声中，偶尔也会传出像在嚼咬什么的声音。年轻人都在猜也许是在嚼炒豆，但据说其实不是豆子，而是小糕点。

佐佐木的祖父说那似乎是金平糖。佐佐木记得祖父怀念地说：原来那时候就已经有金平糖了。

小姐一行人要去釜石滨那里，因此要翻越仙人岭。但山顶上有农兵，无情地逼迫小姐要下轿才能通过关卡。

小姐听从了，抬轿的人小心翼翼地打开轿门。

小姐穿着一双榻榻米面的涂漆高木屐。

然后把纤纤玉手搭在雇来抬轿的村人肩上，步出轿子。那模样是那么惹人怜爱，而且落寞，每个抬轿的年轻人都着迷不已。据说村里的年轻人抬了两三天的轿子，一路陪伴。

佐佐木的祖父在小姐下轿经过关卡时，曾问她为何要进行这么艰难的旅行。小姐净是哭泣，一旁的老女侍只答了一句：

“因为战争开始了。”

佐佐木的祖父时常追忆，说：那究竟是哪一座城的小姐呢？

二百三十二

明治维新时。

这是发生在佐佐木喜善家的事。据说那是个狂风暴雪的夜晚。

因为不停地有人敲门，打开来一看，门外的暴风雪之中，站着两名穿着体面的年轻武士，佩着几乎拖地的长刀。

“我们白昼藏身，夜间赶路，但碰上如此恶劣的天候，而且没有食物，能否请府上收留一晚？”

两名武士说。

佐佐木家的人很同情，但当时政府已经下令，绝不可收留这样的人，因此只好领他们到村里的熊野堂藏匿，并分了米和味噌给他们，让他们度过眼前暴风雪的困境。

两名武士在熊野堂躲了两三天，某天早上去看时，已经不见人影了。也许是害怕遭到告密，趁着夜里离开了。

一百〇七

下闭伊郡的山田町，每回市集都会有个奇妙的男人来采买各色物品回去。那个人好像是从关口这处河谷来的，脸上布满了浓浓的胡须，眼珠子的颜色也异于常人。

町里的人总是想：

“那不是普通人。”

因此。

町里的人把他给杀了，埋在山田湾里的大岛。

那个人似乎也没做什么坏事。不晓得是否由于这个缘故，从那一年开始，山田町的渔获连年大减。

这是土渊村一个叫虎爷的老人记得的事，他年轻的时候运货到山田町。

二百三十四

这是明治维新时期的事。

榨油鬼要来了！这样的流言传遍了各地村庄。

这不只是单纯的流言蜚语，村长还发布禁令，禁止妇孺在傍晚过后外出。

每天各地都有人在传，说今天哪家的女儿出去玩被抓了，昨天哪家的小孩不见了。

此外，刚好当时又有人在河边发现搭临时小屋的痕迹，还有丢弃的烤鱼串子，让传闻更显真实，榨油鬼会把小孩子串起来榨油的内容被传得煞有介事，让人们陷入恐慌。

据说这榨油鬼扎着深蓝色绑腿，戴着深蓝色手背套。

榨油鬼一来，战争就会开打的流言也甚嚣尘上。

这是村里的谷江老婆婆所说的。

但同样的流言，似乎也传播在海岸地方。

谷江老婆婆的丈夫治三郎老爷子小的时候在大槌海滨长大，他记得儿时也听过一样的流言，害怕不已。

二百二十六

青笹村小字中泽一个叫濑内的地方，有户人家生了七个兄弟。

七人里面，有三个去了外地没有回来，不知境况如何。

嫡长子也在江户一带流浪，但后来返乡。传闻这个人在佐比内的赤泽山制造假大迫钱，一夜致富。

大迫钱是江户末期，在陆奥地方铸造的铁制文钱。

二百四十六

附马牛村某个地方住着一个老太婆，人称翻土婆。

这个老太婆一出生就被母亲“弄回去”了，也就是掐死以减少吃饭人口。

后来她被埋到磨臼场，但不一会儿，一只小手从土里伸出来挣动，人们发现她活过来了，便把她挖出来养大。

由于这个缘故，她被取了个绰号叫翻土，一辈子都没有被人叫过本名。此外，据说她被母亲掐死时，一边的眼睛被弄瞎，因此一辈子都是独眼龙。

但她还是很长寿，在约十年前因为高龄而过世。

二百三十

这是明治以后的事。

远野町住了个女人，有个怪癖。

儿时还好，但到了适婚年龄，她开始逼迫所有与她发生关系的男人殉情。

一旦有了深切的关系，就要求共赴黄泉，坚持不让。被她逼着殉情的男人不止一两个。即使嫁了人，也总是因为成天逼着丈夫殉情，闹到失和而被休妻。

这样的事发生了好几十次。

后来那个女人成了石仓町一名士族的小妾。即使如此，她还是要求丈夫殉情。而丈夫也被她说动，一起在早濑川投水自杀。

结果女人溺死了，而丈夫在半途回心转意，回家去了。

二百三十三

这是进入明治很久以后的事。

一对年轻男女从小国村逃到土渊村，就好像遭人追赶。

一名男子持刀沿路追了上来。

男女在林崎的田地里被追兵追到了。尽管这对男女拼命地逃，却毫不抵抗，当场被砍死了。

不知道究竟是怎么个来龙去脉。砍死两人的男人泪流满面，将两具尸体埋在路边，把女人发上的簪子当成墓印插上，返回小国村了。

老妇人们见状，虽然不明白个中缘由，但总是不禁同情，即使到了现在，说起这事仍会眼眶泛泪。

二百三十六

昭和二年一月二十四日早上九时许。

远野乡的天空，第一次有飞机飞过。

飞机从六角牛山的方向出现，行经万里无云的蔚蓝天空。

不久后，飞机便越过土渊村上空，朝早池峰的方向飞去。

许多村人从没见过飞机，甚至有人不知道飞机是什么。因此听见天空传来陌生的螺旋桨声，整个村子都震撼了。

佐佐木从以前就见识过飞机这种东西，因此一边跑过村子，一边叫喊：

“飞机！是飞机！”

听到他的叫声，村里的女人都很吃惊，从各家各户冲出来，喊着：

“哪里？哪里？”

众人慌慌张张地在路上跑来跑去，追赶飞机。

不久后，飞机的机体反射着阳光，隐没在山后看不见了。

唯有那震耳欲聋的声音仍回荡了好半晌。

目送飞机的人总觉得失落，连话都说不出来。

同一年的八月五日。

飞机再次飞过。这次沿着小乌濑川低低地飞去。不过那天不巧下着豪雨——

因此没有人目击。

谨以此书呈献给此国诸人

《远野物语拾遗》的成立，有许多部分仰赖铃木棠三的密切参与。在此对铃木氏的功绩表达敬意。

照今日人权意识，本书的原典《远野物语增补版》(昭和十年七月发行)中部分语句及表述，或带有歧视，或不适切，在编辑本书时，已针对语句及表述尽可能斟酌修改。但考虑到原典在历史及文学方面的价值，在于将当地的习俗及执笔当时的市井小民社会生活状况和细节传达给今人，对于修正将减损原典特色，或无法正确传达原典内容的部分，则保留原本的语句及表述，敬请理解。

编辑部

图书在版编目（CIP）数据

远野物语拾遗 /（日）京极夏彦，（日）柳田国男著；王华懋译．—成都：四川文艺出版社，2017.10
ISBN 978-7-5411-4594-0

Ⅰ．①远… Ⅱ．①京… ②柳… ③王… Ⅲ．①短篇小说—小说集—日本—现代 Ⅳ．① I313.45

中国版本图书馆 CIP 数据核字（2017）第 044168 号

YUANYE WUYU SHIYI

远野物语拾遗

（日）京极夏彦　（日）柳田国男　著

策划出品　磨铁图书
责任编辑　梁康伟　周　铁
责任校对　汪　平
装帧设计　熊　琼

出版发行　四川文艺出版社（成都市槐树街 2 号）
网　　址　www.scwys.com
电　　话　028-86259287（发行部）　028-86259303（编辑部）
传　　真　028-86259306

邮购地址　成都市槐树街 2 号四川文艺出版社邮购部　610031
印　　刷　河北鹏润印刷有限公司
成品尺寸　146mm × 210mm　1/32
印　　张　10　　字　　数　174 千
版　　次　2017 年 10 月第一版　　印　　次　2017 年 10 月第一次印刷
书　　号　ISBN 978-7-5411-4594-0
定　　价　39.80 元